2013
신춘문예 당선시집

문학세계사

2013
신춘문예 당선시집

〈시〉 김기주 김재현 김준현 김지명 신은숙 이병국
이정훈 이해존 정와연 정지우 황은주
〈시조〉 김재길 김태형 송승원 송필국 조은덕

2013 신춘문예 당선시집 ◇차 례◇

시詩

김기주 | 한국경제

김재현 | 조선일보

김준현 | 서울신문

시조 時調

시

신춘문예 당선 시

김기주

1983년 부산 출생
추계예술대학교 4학년 재학중
2013년 한국경제 신춘문예 시 당선

kj6794@hanmail.net

■한국경제/시
화병

화병

절간 소반 위에 놓여 있는
금이 간 화병에서
물이 새어 나온다
물을 더 부어 봐도
화병을 쥐고 흔들어 봐도
물은 천천히, 이게
꽃이 피는 속도라는 듯
조용하게 흘러나온다
아무 일 없는 외진 방 안
잠시 핀 꽃잎을 바라보느라
탁자 위에 생긴 작은 웅덩이를
아무도 알아차리지 못했다
꽃잎보다 키를 낮출 수 없는지
뿌리를 보려 하지 않았다

한쪽 귀퉁이가 닳은 색 바랜 소반만이
길 잃은 물방울들을 돕고 있었다
서로 붙으려고 안간힘을 쓰고 있는
물방울들에게,
가두지 않고도 높이를 갖는 법을

모나지 않게 모이게 하는 법을
가르쳐 주고 있었다

무릎보다 낮은 곳
달빛 같은 동자승의 얼굴이
오래도 머물다 간다

내가 내 속의 나보다 겉에 있다

길을 가다 차에 치인 개가 보였어
차들이 밟지 않으려고 바퀴 사이로 저 개를 흘려보낸다는 게 너무
괘씸해서
차를 세우고 개를 잡았어
따뜻하더라 겁이 났어 완전히 죽지 않았을까봐
아프다고 신음할 걸 볼 자신이 없었어
이걸 다행이라고 할까, 개는 따뜻하게 죽었더라
마지막 열을 온 힘으로 내고 있었어
사람들이 잘 안 보이는 화단에 개를 올려놓고
난 내 갈 길 가려는데,
저 죽은 개를 아무도 보고 싶지 않을 거야
죽음을 보인다는 게 부끄러운 게 돼버리는 이런 개 같은 경우
봉투를 구해서 죽음을 담고 산에 올라갔어
죽음이라는 거, 꽤 무겁더라
있잖아 개를 묻는 게 불법이래
개를 담는 봉투에 담아서 버려야 한다더라고
나는 지금 불법을 저지른 범죄자야
어제 눈이 와서 산엔 곳곳에 눈이 녹지 않았던데
따뜻한 죽음이 언 땅을 녹이더라
산을 내려오는 발자국이 크게 들리기 시작했어

비둘기가 나는 것도 고양이가 앉아 있는 것도
진돗개가 짖어대는 것도 참 대단한 사건이더라
개를 묻었는데
차가운 내 두 눈이 거기 묻혀 있었어

나머지 말의 기록

심심해야 한다
천국이 심심하다
나의 진입은 더러운 라디오로 시작하여
리듬으로 꺼진다

동조의 차원에서 보면 감정은 형상의 것이 아니다 혼란을 막기 위해 정해진 이름순으로 따박따박 걸어 내려가는 어느 병동의 비상계단
더러워서 심각하게 수컷은 죽어나간다

박제사의 손길이 오늘도 바쁘다 아침마다 수거하는 세탁물처럼 수컷의 꼬리는 옷걸이에 거꾸로 내걸린다 말더듬이가 되기 위해 아이들은 간호사를 질식시키고 돛단배 모자가 세면대 위를 부유한다

첫, 첫 발음이 나오질 않는다 이름 석 자로 지워진 망국으로부터 미증유의 수술대가 펼쳐질 때 불을 받을수록 하얘지는 연탄의 얼굴 같은, 가난한 체계를 나는 거부한다 붉은 점멸이 [혀로부터] 때론 연인의 가슴만 하게 잔혹해진다 우리는 골격으로부터 멸망해 왔다

할말이없다고말하는나의할말을잊어주길바란다너는드물
게스며들거나자주가라앉거나한다하루의부피쯤은이정도쯤
이라고가지런히손을폈다가이상하게공기에도살냄새가난다
고말하는너두귀를쫑긋세우고어쩐지바람이불면바람같은살
냄새가어른이되어처음맡아본나날같이한소녀의살결과무늬
가같다고돌하나던지는것으로하루가가라앉기도한다고오후
와중오가가깝다거나닮았을내일이그모레도무늬가같다고말
한다

후대에 나의 눈을 열어 나인양 행세할 망령들에게

나는 지워졌다
나는,

오늘부터가 기억이다

라쇼카사무

그녀의 이름을 불렀을 때 그들은 동시에 뒤돌아보거나 동시에 뒤
돌아보지 않는다

라쇼카사무 라쇼카사무
너는 두 번 발음해 볼 거야

당신이 하나뿐인 내 흰 머리를 찾아내듯 가지런히 닫힌 빗방울을
열어젖히고,

왼쪽 눈을 박아놓은 벽화처럼
길이 있었다
발가벗은 아이가 동전을 주웠다
그림자에 발목을 심었다
늘 찬가를 바랐지만
늘 찬가는 목메는 것이어서
귀를 잘라내고 싶다고 세 번씩 말한다
내가 나보다 많을 때
나는 나에 대해 가장 어둡다

공갈빵에 들어 있는 허공을 맛보다 나는 혼자서 울 것이다

빗소릴 듣겠다고 창문을 열자
빗물이 타닥타닥 터지기 시작하네
귓속을 긁을 때 그 소리가 당신께 들킬까봐
타닥타닥 흔들—
흔들
모든 의태어가 두 번씩 반복되길 바라네

라쇼카 사무는 러시안
라쇼 카사무는 일본인

하나의 몸으로 두 번의 이별을 완성할 때

옥수수마을

옥수수를 섬기는 마을이 있었다 이유 없이 몸이 간지러웠다 '그건 수치심 때문이다'라고 사람들은 생각했다 방문을 걸어 잠그고 누구도 밖으로 나와 일하지 않았다 첫 마을의 우두머리가 된 사내가 우연히 마른 옥수수를 등긁개로 만들었다 '옥수수는 축복이다' '신이다' 사람들은 아침저녁으로 옥수수밭을 향해 절을 올렸다 자신을 과시하고 싶은 몇몇 사내가 옥수수를 머리에 이고 다니기 시작했다 간지러움과 함께 수치심이 사라진 사람은 모두 아랫도리를 벗어던진 후였다 온몸이 특히 등이 더 뻘개지기 시작한 건 그날 이후부터다 마을에는 옥수수 같은 아이들이 주렁주렁 자랐다 아랫도리를 준비해 주지 않았기 때문에 아이들은 한곳에다 똥을 싸는 법을 태어날 때부터 배워야 했다 아이는 울지 않았다 걱정거리가 사라진 마을은 점점 번창했다 어느 날 머리에 옥수수를 이고 밭을 매던 사내 하나가 옥수수를 떨어뜨렸다 벌거벗은 채 곡괭이를 쥔 아낙이 그를 둘러쌌다 옥수수 알이 상처난 만큼 그는 이빨을 뽑았다 마을 우두머리가 백이십 세로 세상을 떠났다 사람들은 머리에 옥수수를 많이 인 사람이 후계자가 되는 데 동의했다 보름달이 뜬 날 벌거벗은 사내가 모두 모여 마을 입구를 채웠다 사람들은 하나같이 자지털같이 구불구불한 털이 머리에 자라기 시작했다 그들은 옥수수를 섬기기 위해 한 단계 진화했다 스물일곱 개의 옥수수를 머리에 인 십육 세의 소년이 후계자가 되었다 아무도 웃지 않았다 사람들은 암묵적으로 모두 고

개를 끄덕이고는 조용히 각자의 집으로 돌아갔다 빈 달이 한참동안
웅웅 울음을 던졌다

단단하지 않고, 무거운, 그리운, J양

J양, 들립니까. 글쎄 오늘 누가 불을 빌려달라는 겁니다 불을. 대체 불을 어떻게 갚을 거냐고 물었더니 불티나게 팔린 일회용 불씨. 염불씨도 아니고 able씨도 아니고 결단코 불 양은 아니라는, 이 '불씨'를 내가 납치한 거 아니냐고 협박했습니다. 소름이 돋았습니다. 담배 위에 재들은 벌써부터 벌벌 떠는데 부싯돌과 가스 스위치 중간에서 불 티나, 불 티나, 불 티나…… 셀 수 없을 정도의 '불 양'이 수레바퀴를 타고 솟아올랐습니다. 다들 이름이 'tina'라 했습니다. '불 양'을 다스릴 혹은 홀릴 양아 아니 양치기소년이 필요합니다.

J양. 멕시칸룰렛*식으로 시장에 당선될 거라는 조건으로 불을 빌려준 그자를 영입하는 데 성공했습니다. 비둘기가 까딱까딱 걷는 건지 꺼떡꺼떡 걷는 건지 그것보단 비둘기가 착륙 전에 날개를 세 번 퍼덕인다는 주제로 청중들이 와~ 고함을 지르고, 'tina'들은 불량스러운 복장으로 사람들의 팬티에 명함을 꽂아주었습니다. 이제 양아 아니아니 양치기소년이 당선되는 건 '불' 보듯 뻔한 일 아니겠습니까. 사람들의 상상력이 그를 당선시킬 겁니다. 지하철역마다 수영장을 만들겠다는 공약이 효과가 컸습니다. 누군들 안 보고 싶겠습니까. 정장차림과 팬티차림의 사내가 매일 인사를 나누는 광경을.

저기 J양. 큰일입니다. 양치기소년을 양아치소년으로 잘못 읽었던 자를 색출해 낸답니다. 그때까지 지하철역을 모두 폐쇄한다는 말에 사람들이 다 저를 찾아내려 혈안입니다. 제가 발가벗겨지면 사람들은 부끄러움을 한 꺼풀 더 벗겨낼 거란 걸 그 양아치자식이 알고 있는 겁니다. 아니 사람들이 알고 있는 겁니다. 그들의 꿈과 희망. 1050원에 본다이비치*를. 까딱까딱, 꺼떡꺼떡, 사람들이 걸어갑니다. 불을 돌려받지 못해 차갑게 식어버린.

보고 싶은 J양. 하늘에선 불이 필요합니까.
비만 내리지 마시고 불을 한번, 내려주시길.

그런데 당신도 '양'이라 이 소년을 이길 수 있겠습니까?

＊ 주사위 두 개로 하는 거짓말 게임. 낮은 숫자가 나와도 이전 단계보다 높은 숫자가 나왔다고 거짓말을 하면서 진행되는 게임. 거짓말하는 것이 걸리는 순간 패배.
＊ 시드니 비치의 대명사. 예전에는 누드비치였으나 정부에서 금지시킴.

시는 결코 대단하지 않다
하지만 대단한 것 또한 아무것도 없다

다 솔직할 수는 없습니다. 이 글도 마찬가지. 아직도 사람을 알려면 오백 년은, 사랑을 하려면 천 년은 걸릴 거라고 믿습니다. 모른 채 태어나 모른 척 걷는 게 유일한 특기인 셈입니다.

하늘이 참 좋은 날. 은대, 원준, 영수, 인태랑 사막에다가 오줌을 휘갈기고 싶은 것이 꿈입니다.

박찬일 선생님과 이형우 교수님, 이성혁 교수님께 감사드립니다. 나보다 더 기뻐해 준 추계예대 동문들, 유정이 삼겹살 때문에 우리 많이도 웃었습니다. 승빈이의 지조와 그대들의 밝음에 감사합니다.

하이네 시집을 들고 웃는 어느 여인에 비하면 한없이 부족한 자격이지만, 역시나 침묵은 압제자를 돕는 것. 그만큼은 글을 쓰겠습니다.

여백과 침묵으로 상상력 확장한 수작

'청년'과 '신춘'이라는 말에는 지금도 활발하게 형성되고 있는, 굳어지지 않아서 무정형인, 무엇으로 변화할지 모르고 어디로 뛸지 모르는, 아직 자연 상태 그대로의 어린이가 살아 있는 비밀스러운 힘이 있다.

선자들은 될 수 있는 대로 고정관념을 내려놓고 기성세대의 잣대로 가공되지 않은, 드러난 것보다는 앞으로 드러날 탄력이 더 풍부한 작품을 발견할 수 있기를 바라는 마음으로 심사에 임했다.

물론 응모작에는 서툴고 거칠고 어눌한 말들이 많았다. 그러나 그것은 결함이라기보다는 아직 드러나지 않은 새로움을 한껏 내장하고 있는 가능성으로 보였다.

선자들의 이런 마음을 향해 한 작품이 걸어 들어왔다. 모두가 망설이지 않고 당선작으로 결정한 그 작품은 김기주의 「화병」이다.

이 작품은 조금도 화려하지 않고 신춘문예에 어울리지 않게 평범하고 어눌해 보인다.

그러나 대상의 작은 것까지 낚아채는 관찰은 섬세하고 정확하며, 묘사는 끈질기고, 표현에는 집중력과 응집력이 있으며, 어조는 차분한 정도를 넘어 무심할 정도로 건조하다.

당선자는 말을 적게 하면서 행간의 여백과 침묵을 한껏 활용해 시를 힘있게 만들 줄 아는 능력을 지니고 있다. 말을 덜 함으로써 독자의 상상력을 확장하는 법을 알고 있다.

함께 투고한 「내가 내 속의 나보다 곁에 있다」 역시 죽음에 대한 블랙유머가 돋보이는 수작이다. 이 작품들을 보며 당선자에게 아직 쓰지 않은 더 크고 풍부한 것들이 있으리라는 믿음과 기대를 갖게 됐다. '청년'

과 '신춘'에 어울리는 참신한 신인을 한경 청년신춘문예의 첫 당선자로 내보내게 된 것을 기쁘게 생각한다.

이소연의 「나를 기포의 방에」와 강산하의 「티베트 노인들의 합창」은 당선작과 마지막까지 겨뤘으나 당선의 문턱을 넘지는 못했다. 앞의 작품은 이미지가 발랄하고 신선하지만 일부러 꾸민 것 같은 작법이 거슬렸고, 뒤의 작품은 성실한 관찰과 재미있는 모순어법이 돋보였지만 성장을 위한 습작 기간이 더 필요하다고 생각됐다.

심사위원 : 신경림 · 최승호 · 김기택

김재현

1989년 거창 출생
경희대학교 국문과 재학중
2013년 조선일보 신춘문예 시 당선

astronomer99@naver.com

■조선일보/시
손톱 깎는 날

손톱 깎는 날

우주는 뒷덜미만이 환하다, 기상청은 흐림
구름 사이로 드문드문 쏟아지는 빛 속에는
태양이 아닌, 몇 억 광년쯤 떨어진 곳의 소식도 있을 것이다
입가에 묻은 크림 자국처럼 구름은 흩어져 있다
기상청은 거짓, 오늘
나는 천 원짜리 손톱깎이 하나를 살 것이다

태어났을 때부터 내 손톱은 단단했다
누구나 그러하겠지만, 엄밀히 말하면
그것은 나의 바깥이었다
어릴 적부터 손톱에 관해선
그것을 잘라내는 법만을 배웠다
화초를 몸처럼 기르는 어머니를 보고 자랐지만
나는 손톱에 물을 주거나 낮은 목소리로
노래를 불러주는 일 따위에 대해선 상상할 수 없었다
결국 그것은 문제아거나 모범생이거나
둘 중의 하나를 선택해야 한다는 것과 같았지만
나는 그 어디에도 속하지 않는다는 점에서만 모범이었으며 문제
였을 뿐
그러므로 손톱의 입장에서도 마찬가지

나 또한 그것의 바깥에 불과하다

오늘, 우주의 뒷덜미가 내내 환하다
당신은 매니큐어로 손톱을 덮으려 하고 나는 손톱을 깎는다
우리는 예의를 위해 버리고, 욕망을 위해 남기지만
동시에 손가락 위에 두껍게 자라는 것들이
어느 쪽에 가까운지 알 수 없다
다만 휴지 속으로 던져둔 손톱들과, 날씨
그리고 나에 대해서만 생각할 뿐
버려진 손톱들은 언제나 희미하게 웃고 있다

설일

구름 위에 도착한 영혼들이
쓸모없어진 날개를 떼어내고 있다
손바닥에 앉은 깃털이
죽은 이의 체온을 전하며 녹는다

하설하설下雪下雪
떨어지는

주인 잃은 개가
눈을 향해 컹컹 짖는다
자꾸 오려는
누군가가 있다는 듯이

어깨는
기억의 가공공장 같은 머리를
언제까지 짊어지고 있을 것 같고

견뎌낼 수 없다고 말한다면 이미
그걸 견디고 있다는 말이다

어제 입은 검은 외투에게는
어제의 체온이 없다
너를 꺼안고 운
오늘의 대가를 정산한다

달력이라는 계좌의 안쪽으로
내일을 살 용기가 이체된다

오래 된 부호들

해질녘의 「동양 세탁소」 안에서 다리미는 축축하고 따뜻한 고민들을 풀어내고 있다 빳빳한 냄새를 풍기는 원피스들이 사춘기 후의 고등학생처럼 정갈하다 세탁소 남자는 옆집 청년이 맡기고 간 어제에 물을 뿌리며 구겨진 편견을 말끔히 펴는 중이다 그의 정수리는 건너편 「대림포차」의 여대생들을 향해 자꾸 부끄럽다, 붉어지다, 불판 아래 한 덩이 죽은 나무 속에서 저편으로 함몰한 기억에 검은 불을 붙인다 「빈티지」의 젊은 여점원들은 옷걸이 위에 걸린 옷처럼 자주 바뀐다 여점원이 옷을 때마다 그의 땀이 셔츠라는 환한 백지 위로 미끄러진다 쇼윈도 안에서 매일 벌거벗는 마네킹, 그 앞에서 천막 밑 그늘의 표정을 이리저리 바꿔보는 바람, 아니 사거리 은행나무의 그 많은 손목들이 해마다 놓쳤던 더 많은 것들처럼, 「빈티지」를 향한 마음이 대각으로 기우는 곳에 「대림포차」가 있었으므로 그는 가끔 그곳에서 취하고 싶었는지도 모른다 그 때마다 찾아가지 않은 몇 벌의 옷들, 건어乾魚처럼 잘 마른 기억들의 냄새가 깊어진다 「동양 세탁소」에서 구겨진 하루들이 동침하며 서로에게 같은 냄새를 묻혔다 아니, 매해 헤어지는 잎들처럼 하룻밤의 기억만 있었다

몰식자

늙은 작가가 마지막 회고록을 시작했을 때
백지 위에선 가장 쓸쓸한 밤이 묻어난다
그러나 그 검정이 어느 유충의 후생이라는 것은
종이에 남은 문장조차 모르는 일이다

나무로부터 시작한 벌레들의 번식
태어날 것들을 위해 나무는 스스로를 앓아
작은 방을 내어준다 여물지 않은 벌레들이 보는 것은
오로지 캄캄한 자신의 그림자뿐이다
그곳엔 주렁주렁 매달린 몰식자沒食子*들
바깥을 향해본 적 없는 시선에 젖으면서
펜은 발끝부터 먹먹해진다

"장기로부터 자란 것은 혹이 아니라 몸에 깃든 것들에게 내어준
자리였습니다. 공생을 앓으며 나는 죽어가는 중입니다."

작가는 회고록의 첫마디를 그렇게 세들었다
하나의 꿈을 잉크로 만들기 위해서 혹은,
하나의 목숨이 기록이 되기 위해서
빛을 본 적 없는 눈[目]을 녹인다

서로 다른 이생異生을 이으며 그는 문장을 쓴다
태어나지 못한 눈이 태어난 눈의 무늬가 되며
본 적 없는 풍경을 산란하고 있다

＊ 몰식자: 충영(蟲廮), 잉크의 원료.

싱크홀

거실에 나갔다가 기척을 느낀다
그것은 나의 인식을 두려워한다
싱크대 밑으로 사라진 후
다시는 나타나지 않는다
나는 그것을 인식하지 못한 것을
두려워한다 달콤한 덫을 놓고 그것을
기다린다 싱크대 아래쪽에는
방 안 곳곳으로 연결된 숨겨진 배수관이 있다
관은 나의 발보다 더 아래쪽에서
중력의 근원처럼 너무 많은 비밀을
감추고 있다 그 비밀 중에 하나일지도
모른다 그것은 분명 싱크대 아래쪽으로
도망쳤는데 싱크대 밑에는 없다는 게
이해되지 않는다 이제 싱크대를
제외한 모든 곳에 가능성이 생긴다
안전해지기 위해서 나는 끊임없이
유지되어야 한다 덫 속에 놓인,
아주 분명한 멸치가 어둠을 입는다
누군가는 그걸 의도라고 부를지 모른다
나는 기다린다 견고한 시멘트의 아래에는

관쑬의 목구멍, 불린 적 없어 혐오스런 말들이
아무도 모르게 흘러가고 있다

골목 끝, 철물점

15도쯤 기울어진 지구의 주민들은 누구나 조금씩 휘어져 있네 별명은 당신이 피운 꽃잎 같은 것 그들은 휘어진 각도로 서로를 구별하지 펴지 못한 것이 많으므로 굽은 것들의 힘이 지구의 이능異能이었네

구불거리던 골목길은 그의 대장간을 통과하며 곧은 대로가 되네 사람들은 그 앞에서 펴고픈 것들에 대한 생각으로 멈춘 채 되뇌이네 친구들의 삐딱한 습관을 펴주지 못했다, 어머니의 굽어가는 등을 펴주지 못했다, 애인의 돌아간 마음을 펴주지 못했다, 편다는 것은 복구의 일, 아니 적응의 일, 아니, 몸을 민감하게 하는 바람은 내게서 불어 내게로 돌아온 바람뿐

어제는 가명이 가명을 불러오고 오늘은 기억에서 기억으로의 데칼코마니, 집을 잃은 치매노인이 그의 망치 앞에서 오래도록 생각하는 모습이 있었네 모루 위에 기억을 내려놓고 기운 그 축을 한참이나 두드리다 떠났다네 노인이 편 것이 무엇인지 알 수는 없으나 휘어진 것들을 사이의 무늬라 불러도 되려나 남이 입혀준 이름을 통해 사람은 자신을 찾아가는 것이라 해도 되려나

기울어진 지구 위에서 주민들은 날마다 휘어진 것들을 생각하네

그가 무언가를 두드리는 시간이면 사람들은 쌓인 고물들을 들고 나와 오래도록 듣곤 했지 떠나는 이름을 향해 그가 불던 휘파람을, 그것이 어떻게 자신을 붙드는가를

아이처럼 울었습니다,
자꾸만 새로워지겠습니다

찌개가 끓고 있는 밥집에서 연락을 받았습니다. 텅텅 비어 있던 뱃속이 밥알 대신 알 수 없는 감정들로 차올랐습니다. 먹지 않아도 배부를 수가 있구나. 우습지만, 당선 연락을 받고 처음 깨달은 게 그것입니다. 연락을 받은 친구들이 달려와 볼에다 마구 뽀뽀를 해댔습니다. 그러나 기쁨은 잠시였고 금세 두려움이 차올랐습니다. 제가 그 동안 무엇을 써왔는지, 기억이 나질 않았습니다. 훈련을 마치고 첫 전장에 나가는 병사의 심정이 이랬을까요.

시인이 된다는 것과 시인이 되고 싶은 것 사이에 이토록 깊은 거리가 있다는 걸 몰랐습니다. 간밤의 꿈에서 누군가에게 사과를 했고 그는 받아주지 않고 그냥 돌아섰습니다. 그가 시였을까요. 꿈에서 깨어난 후, 나는 아직 텅 비었구나, 하는 생각을 했습니다. 실은, 시 쓰기에 방점을 찍는다는 생각으로 투고했던 글이었습니다. 그 방점이 새로운 문장을 쓰기 위한 시작점이 되었습니다. 놓으면 온다는 이치를 알 것 같습니다. 이제 이 길을 숙명이라 믿고 묵묵히 걸어가겠습니다.

제 가능성을 봐주신 심사위원분들께 우선 감사드립니다. 부끄럽지 않게 써나가겠습니다. 끝까지 저를 놓지 않으셨던 박주택 선생님, 김종회 선생님, 서하진 선생님. 평생을 다해도 갚을 수 없는, 너무나 큰 은혜를 입었습니다. 처음으로 시의 길을 알려주셨던 정우영 선생님, 항상 건강하셨으면 좋겠습니다. 격려와 확신을 주었던 이체, 강진, 동운. 주모동의 단테. 문예창작단의 선후배들. 당신들이 제게는 써야 하는 이유들이었습니다. 고향 친구들인 용준, 한상, 지홍, 경록, 정훈, 내일도 오늘처럼 끈끈하게 살아갑시다. 지금은 이름을 부르기 힘든, 하지만 언젠가 나를 용서해 주길 바라는 그에게도 하고픈 말이 있습니다. 절망과 방황을, 성장과 배움을 당신을 통해 겪었습니다. 정말, 고맙습니다. 마지막으로 나를 나 자신보다 아껴주는 금희와 부모님에게 진심을 담은 사랑을 전합니다.

아무것도 변하지 않았는데, 갓 태어난 기분입니다. 집에 돌아가 아이처럼 울었습니다. 자꾸만 새로워지겠습니다.

삶의 구체성을 통한 사유
그것을 언어화하는 능력 돋보여

어느 해보다 많은 응모작을 보며 새롭고 다양한 개성과 시세계에 대한 기대 또한 더욱 높았다.

예심을 거쳐 본심에 오른 시 가운데 이소연의 「활과 무사」 외, 노정균의 「우산은 어디서 파나요?」 외, 김재현의 「손톱 깎는 날」 외로 의견이 좁혀졌다. 이 세 사람의 작품은 우선 언어 장인으로서의 기량과 그것을 삶의 지렛대로 끌고 가려는 진정성이 돋보였다. 최근 한국시에서 자주 지적되는 산문화, 언어 낭비, 소통의 문제도 비교적 잘 극복해 가고 있었다.

이소연은 「활과 무사」 「늑골이 빛나는 발레 교습」 등의 작품을 통하여 감각적 투시, 대담한 언어 구사로 산뜻함을 드러내었고, 노정균은 「우산은 어디서 파나요?」와 「입양」을 통하여 우리말의 어미를 "~다."로 끝내지 않고 이어지는 각운을 통하여 사유가 리듬을 불러오는 작법의 시도를 보여주었다.

논의를 거듭한 끝에 김재현의 「손톱 깎는 날」을 당선작으로 결정했다.

삶의 구체성을 통한 사유, 그것을 언어화하는 능력과 밀도를 주목했다. 함께 응모한 다른 작품들 또한 고른 수준을 유지하고 있어 신뢰를 보탰다. 뱀처럼 섬뜩한 이미지의 「아야와스키의 시간」, 태어날 것들을 위해 스스로를 앓아 주렁주렁 매달린 「몰식자沒食子」에서 예사롭지 않은 재능을 보았다. 하지만 미개척지를 향한 탐색과 언어 실험자로서의 패기가 지나쳐서 억지스러운 조어가 이물異物처럼 박혀 있는 것이 다소

눈에 거슬렸다. 시란 사물과 사유를 언어로 갈고 닦아 가장 명징하게
본질을 드러내는 생명체이다. 삶의 타성과 시류와 진부에로의 수압을
잘 견뎌내어 부디 좋은 시인으로 훨훨 날아오르기를 바란다.

심사위원 : 문정희 · 조정권

김준현

1987년 경북 포항 출생
영남대학교 국문학과 졸업
영남대학교 대학원 국문학과 재학중
2013년 서울신문 신춘문예 시 당선

kjh165@hanmail.net

■서울신문/시
이끼의 시간

이끼의 시간

우물 위로 귀 몇 개가 떠다닌다

검은 비닐봉지 속에 느린 허공이 담겨 있다 나는
내 빈 얼굴을 바라본다 눈을 감거나
뜨거나, 닫아놓은 창이다

녹슨 현악기의 뼈를 꺾어 왔다 우물이 입을 벌리고

벽에는 수염이 거뭇하다 사춘기라면
젖은 눈으로
기타의 냄새나는 구멍을 더듬는, 장마철이다

손가락 몇 개로 높아지는 빗소리를 누른다 저 먼 곳에서
핏줄이 서는 그의 목젖, 거친

수염을 민다
드러나는 싹이여, 자라지 마라
벌레들이 털 많은 다리로 밤에서
새벽까지 더듬어 오른다
나는 잠든 그의 뒷주머니에

시린 손을 숨긴다 부드럽고 가장 어두운

비닐봉지 안에 차가운 달걀 몇 개를 담아
바람에 밀려가는 주소를 찾는다

귀들이 다 가라앉은 물에도
소름이 돋는 중이다

수묵, 겨울

화선지 위에 듣는 당신은 한 줄기 먹선

한 무리 큰절이 낮은 산맥을 이룬다 머리부터 발끝까지 둥글게 몸을 만다 슬픔이 발묵하는 때 산수 깊이 그늘이 젖는 계절 가라앉아라, 가라앉아라

당신은 굽이굽이 흰 골짜기 물소리 부서진다 피돌기 멈춘 병실에서 나는 당신의 이마를 문지른다 바람이 둥글게 말리면 소용돌이로 맺히는지 지문은 당신의 등고선, 넘나드는 사람들이 몸을 주무르고 바람이 머무르고 입가에 귀를 대면 까맣게 닫힌 목구멍 안쪽으로 숨이 고치를 튼다 목젖이 두터운 먹빛을 때린다 호흡기 위로 하얀 나비가 피었다 진다 묵은 숨이 훨훨 떠오를까 눈 감아봐 소나무 가지로 흰 눈이 쌓였어 산자락은 구름을 닮아가지

해 넘어가며 그늘 빚는 산 나는 허리 꺾인 한 그루 붓질이다 갈필로 휘저은 나무 사이로 눈이 내린다 산기슭이 거친 먹으로 마른다

기린 생태 보고서

기린은 세상에서 가장 혈압이 높은 동물인데 이것은
목이 매우 긴 데 원인이 있다. 심장이 3~3.5m나 되는 경동맥을 통해
뇌에까지 혈액을 밀어 올리기 위해서는 큰 힘을 필요로 한다.

그에게 목은 가장 쓸쓸한 부위였다
몸으로부터 멀어지려는 진화
여덟 개의 목뼈가 길이를 연장해 나가는 건
깊은 쌍꺼풀을 허공에 묻어버리기 위해서다

그는
넥타이를 매본 적도 있고, 저음처럼 굵은 것을 매고 싶었던 적도
있다
목구멍마다 아픈 등을 켜는 아이들의 소리가 걸려서
쿨럭이다가 무심코 나온 울음을 삼켰다
낮은음자리로 가라앉았다

우기:
비가 마른 목젖을 두드린다 구름이 제 근육을 드러내고
푸른 핏대를 따라 맺히는 육성

방문이 쿵- 열리면 우리는 그늘의 내부로 숨어든다
그는 빈 초원의 한가운데 혼자
직선-곡선으로 흐르는 줄무늬를 따라
빗소리로 고인다

우기로부터 건기에 접어든 몸:
전화를 받고, 놀라서 그곳을 다시 찾았을 때
수평으로 누워 있는 기린을 보았다
우리는 육식동물처럼
오랫동안 그의 주변을 떠나지 않았다

뚜- 오래 숨소리를 누르는 지평선

봉화

촛불은 숨길 수 없는, 몸짓처럼
가라앉으면 과장되는

밤이 주머니였으면 좋겠다 아무리 더듬어도
오독되는 달,
나는 몇 번째 너를 돌아보고 있는지

검은 건반들이 하얀 자세로 뒤집히는 것처럼
그림자가 체위를 바꾼다 머뭇거리는 손들을
다 주머니에 넣고
애인이 주고 간 꽃들의 목을 꺾고 싶은, 주먹을
쥐고 더
높은음자리의 소리를 누른다
병처럼, 옆에서 옆으로 옮아서
가장 가는 신음이거나 무거운
숨소리

몇 달째 같은 달
사진 속에서는 왜 아무도 자라지 않는지
찢어진 미소에도 상처가 남을까

그러다가 왕의 엄지처럼
꽃이 툭, 떨어진다
촛불은 죽어야 숨을 수 있는 운명이다
지나가는 계절, 멀리
담배에 불을 붙이는 사람이 있고

민달팽이

연필이 종이를 긁을수록 귀가 가렵다 소름을 닮은 소리다 나는 그 걸 쓸쓸이라고 한다 쓸쓸하다고 말한다 입을 다물어도 목젖이 자랐 으니 쾅, 대문을 소리 나게 닫을 줄도 안다 집을 밀고 나온다 어둠마 저 그려주는 이곳까지 그림자가 열두 자리로 진다

목탄이 짙은 자리는 슬픈 기미다 지우고 그리고 다시 지운다 지나 온 자리는 허물이다 멈춰 서면 언제나, 바람이 불어 뱃살 접힌 주름 으로 그늘이 드러난다 나는 두 눈을 간추린다 그림자를 베껴내는 소 리로

허리로 묵은 때를 민다 목탄이 비질을 한다 소리가 죽어가고 나는 고분고분한 스트리퍼, 오줌이 마려워도 설거지가 밀렸어도 오래 머 무르고 싶다 도화지의 내벽을 긁으면 왼쪽으로부터 오른쪽으로 어 두워지고 검은 소리가 난다

현악기의 구조

아이들이 제 발소리를 잃어버렸다

라 음으로 밀어올린 목젖 나는 밤마다 반음에 걸린 반지하 방에서 #을 누른다 삐거덕거리는 솔 음과 검은 구멍을 더듬는데 아기들이 고양이가 되거나 고양이에게 먹히는 착각, 바람은 늘 쓸쓸한 자세다 마른 어깨뼈 위로 귀를 기울이면

발소리 없이 오는 것들이 있고 그들은 갈 때도 조용하다 떠나간 애인은 내 눈 밑에 그늘을 길러놓았다 자라면서 시들었다 사정거리를 벗어나는 것처럼 눈동자는 몸에서 가장 희미한 부위— 밤에 일어나 다시 밤으로 드는 나날들

뜬눈으로 그늘을 내민다 뒤척일수록 밀도가 가라앉는 내색 된소리만 외치다 전화를 끊고 나서 나는 알았다 고양이와 새들과 아기는 자살할 수 없다 바람에 투신하다가 실수인 척 꽥 울다가 사라지는 방식 새들의 시신은 늘 반음에 걸려 있다 뒤척이다가 나오는 숨낮은 음자리로 가라앉는다 바이올린에게도 눈동자가 있다 검은 구멍으로 투신한다 그것은 고음처럼 얇아지다가 사라진다

더 정갈한 글로 보답하겠습니다

어릴 때, 저녁이면 우리 가족은 거실에 둘러앉아 함께 이야기를 나누
거나 TV를 보았고 그때마다 부모님은 저와 동생에게 과일을 깎아주셨
습니다. 지켜보며, 사과껍질을 끊기지 않게 깎는 법을 배우고 싶었죠.
그러나 손놀림이 서툴렀던 저는 한 번도 성공하지 못했습니다. 생각하
면 한 번도 긴 곡선의 껍질을 남긴 적이 없었던, 제 사과.

서툴렀던 건 그뿐만이 아니었습니다. 병아리를 길렀던 적이 있었죠.
어쩌다 다리를 다친, 이름도 잊어버린 그 병아리 역시 제 서투른 사육
의 증거였습니다. 베란다의 사과박스 속 홀로, 한 쪽 다리로 서 있던 병
아리를 보며 저는 '쓸쓸' 이라는 감정을 배웠습니다. 의무처럼, 저는 병
아리의 배설물이 묻은 신문지를 갈아주었습니다. 오래된 신문지와 새
신문지의 날짜 사이 점점 간격이 벌어지던 어느 날, 병아리는 눈을 감
고 있더군요.

방에서 홀로 글을 쓰다 그렇게 지칠 때면 저는 밝고 따뜻한 집으로
돌아갑니다. 늘 믿고 기다려 주시는 아버지, 어머니, 동생— 사랑하고
늘 고맙습니다.

문학을, 사람을 대하는 자세를 몸소 보여주시고, 늘 제 서투른 감각
들을 짚어주시는 김문주 교수님. 감사합니다, 그 이상의 인사는 좋은
작품이어야 할 것 같습니다. 더불어 영남대 국문과의 교수님들, 제가
지나온 모든 선생님들과 친구들, 특히 승협, 명재에게 감사를 전합니
다. 작고 낮은 제 소리들에 귀 기울여 주신 손택수, 정끝별 두 심사위원
께는 더 정갈한 소리로 보답을 드리겠습니다. 오래 가라앉고자 합니다.

'따로 없는 詩 쓰는 법' 모험에 박수를

추사에 따르면, 묵죽을 그리는 데는 법이 따로 있는 것도 아니고 법이 따로 없는 것도 아니다. '따로 있는 법'을 성실히 참조하면서도 과감히 떨쳐 버리고 어떻게 '따로 없는 법'을 찾아나설 것인가. 신춘문예 시부문 심사는 모험을 향해 떠난 외롭고 고단한 열정들과의 뜨거운 만남의 자리였다.

꼼꼼하고 균형 잡힌 예심을 거쳐 올라온 총 20여 명의 작품 중 최종심에 오른 것은 「새라는 가능성」, 「고동의 길」, 「만찬」, 「이끼의 시간」 등 모두 네 편이었다. 예리하게 벼린 언어 감각이 돋보이는 「새라는 가능성」은 높은 시적 완성도에도 불구하고 기시감이 있었다. 새, 새장, 온도, 울음, 바람 등 선택된 오브제들과 그 엮음의 방식이 표절 시비로 이미 당선 취소된 바 있는 작품들과 유사해 또 다른 표절 시비를 몰고 올 가능성이 높다는 판단하에 가장 먼저 제외되었다. 「만찬」은 "노을에도 마블링이 있다/ 칼이 허공의 날개처럼 살 사이를 휘젓는다"와 같은 감각적인 언술에 호소력이 있었으나 전체적으로 과잉된 수사욕망을 절제하지 못한 것이 아쉬웠다.

마지막까지 남은 작품은 「고동의 길」과 「이끼의 시간」이었다. 「고동의 길」은 수많은 시 창작론의 정석이라고 해도 될 만큼 균형 잡힌 구조와 투박한 시어들을 장악해 들어가는 사유의 힘이 돌올했다.

반면에 미성년의 실존적 내면을 다룬 「이끼의 시간」은 우물, 검은 비밀봉지, 현악기(기타) 등으로 변주를 거듭하는 은유와 신경증적인 감각들로 이미지와 이미지, 의미와 의미 사이의 연결고리가 불안으로 술렁였다. 동봉한 작품들 또한 같은 문제를 안고 있었다. 하지만 이 불안은 그 무엇도 결정되지 않는 혼돈 속에서 돋아나는 새로운 가능성의 감각과 열기로 꽉 차 있는 것 또한 사실이었다. 완숙한 포도주의 맛과 아직 미숙하긴 하되 미래를 잠재한 떫은 포도주의 맛 사이에서 장고 끝에 심사위원들은 '따로 없는 법'을 찾아나선 자의 모험에 손을 들어주기로 하였다. 새로운 시인의 탄생에 매운 채찍과 응원을 함께 보낸다.

심사위원 : 정끝별, 손택수

김지명

서울 출생
서울과학기술대 대학원 수료
2013년 매일신문 신춘문예 시 당선

jihill88@daum.net

■매일신문/시
쇼펜하우어 필경사

쇼펜하우어 필경사

안개 낀 풍경이 나를 점령한다
가능한 이성을 다해 착해지려 한다
배수진을 친 곳에 야생 골짜기라고 쓴다
가시덤불 속에 붉은 볕이 흩어져 있다
산양이 혀를 거두어 절벽을 오른다
숨을 모은 안개가 물방울 탄환을 쏜다
적막을 디딘 새들만이 소음을 경청한다
저녁 숲이 방언을 흘려보낸다
무릎 꿇은 개가 마른 뼈를 깨물어댄다
절벽 한 쪽이 절개되고
창자 같은 도랑이 넓어진다
사마귀 날개가 짙어진다
산봉우리 몇 개가 북쪽으로 옮겨간다
초록에서 트림 냄새가 난다
밤마다 낮은 거래되고
낮이 초록을 흥정하는 동안
멀리 안광이 흔들린다
흘레붙은 개가 신음을 흘린다
당신이 자서전에서 외출하고 있다

구리가 나팔이 되기 시작할 때

바람은 아직도 짐승을 물어 나른다 마당 우리에는 삵 같은 너구리 같은 바람이 산다 덩치 큰 짐승들 울음소리 얼음장 밑으로 새어나가는 사이 백안 속 혈류는 가팔라진다 동공을 덮은 이동식구름이 투두둑 빗방울의 감정을 시연하는 소리 들린다 젖은 땅에서 짐승의 노랑살 냄새가 난다 풍장, 코끝이 매운 꿈이다 흔들의자에 앉은 눈동자가 절벽으로 떨어지던 그날 이후, 망상처럼 자꾸 귀는 자라나 사내를 덮었다

소리를 들여다볼 수 있니
결핍은 그윽한 마중물이 되곤 하지

바람은 제 목소리로 짐승의 얼굴을 바꾼다 짐승들은 울음으로 보폭을 넓힌다 담장을 넘어서는 짐승이 비틀거리자 나무는 목청을 뽑아 혈토를 매단다 먼발치 붉은 꽃살과 툭툭 터지는 하얀 꽃살이 통증처럼 다가와 발목이 부푼다 연둣빛 이파리 하나가 연판을 돌린다 이파리가 뿌리로 내달리는 속도는 음속이다 캄캄한 물관에 어린 나팔소리가 난다 팔뚝에 불거진 혈관이 사내의 촉수를 밖으로 내몰듯 점자책을 읽던 짚풀 안대가 풀린다 상한 얼굴의 울음과 걸음을 변주하는 문향聞香, 내습이다

팡팡 고백하는 점자들이 라일락꽃그늘 농담을 친다

* 제목은 황현산의 「잘 표현된 불행」에서 차용.

웰위치아*

팔을 뻗어 모래를 문질렀다
천둥소리 퍼진 곳까지 사막이 넓어졌다
한차례 뇌우를
한 해 분량으로 나누는 약사의 손끝에
새카만 방향이 물들어 있다
일력에서 어제 한 장을 뜯었다
내일의 폭이 생겨났다
똑같은 면적인데
더 넓어 보이는 이력서는 약전처럼 접혔다
사건들이 알약처럼 다소곳했다
면접관이 봉투를 기울여
덜 여문 늙은 청년을 꺼내들었다
과거의 타진打診으로
미래의 병명을 예측하는 습관은
무성영화 속으로 나를 수없이 편입시켰다
이력서를 움켜쥘 때 천둥소리가 들렸다
산맥처럼 울퉁불퉁한 구김선 위로 비가 내렸다
재생 잉크가 흘러나왔다
글자의 높이를 잃고
습성濕性이 보도블럭에 엎드려 있다

햇빛이 하루의 너비를 가늠할 때
건성乾性이 구김선을 되찾기 시작했다
번개 맞은 약력 몇 줄이 꿈틀거렸다

＊ 나미브 사막에서 2000년 이상 자생하는 희귀식물.

생활의 달인

꽃차례 올라 꿀통에 빠진 적 있지
이마에 주홍글씨 같은 주름이 생겨
새 혐의가 있는 꿈높이 구두로 갈아 신었어

거미는 집을 리모델링하지 않아 주저앉은 지붕의 표정을 손질하
지도 않지 삐걱거리는 계단에 서서 새집 다리를 놓지 널뛰기 좋은
전망이거나 좀 후미지면 좋아 종종 명암이 분명하다는 소리를 듣곤
하지 골목의 나무쪽으로 거미줄을 쏘았어 실낱이 뚝 떨어져 공중그
네를 타고 있네 남의 손을 빌리지 않는 신념은 바람을 길러 어지러
운 전선이 우는 골목은 흔들려

공중에 새처럼 앉아 전선을 잇는 손이 보여 전압을 올려 끊어진
시간을 달구는 새라고 할까 뼛속이 하얗게 비어 가벼운 심장은 중력
을 몰라 허공을 파서 불꽃을 산란하지 황혼녘으로 걸어간 둥근 등이
네 위험 금지 팻말이 구름을 올라타고 있어 따끈한 밥상은 고압선
너머에 있지 마른침을 삼킨 태양도 하얘졌을 거야 죽음이 씹히는 길
끝에는 날개 접은 새가 흔들려

무너져도 바람을 모시며 살고 있어 거미는 마니차 경전을 돌리듯
방적기 돌려 주문을 완성하지 어림수 놓아 유랑하는 일가의 치기까

지 그물코 셈을 하지 느려도 지치지 않고 구름과자를 기대해 하늘만
보고 뛰어오른 약시와 천방지축 나대는 어린 것들 덩치 믿고 덤비는
어리석은 것들과 별을 보며 통화하고 싶어

거미는 집을 리모델링하지 않아
새는 공기의 저항으로 날아
어제의 본분을 줄타기쯤으로 던져둔
쓸쓸한 표정은 적기를 알아
맨손으로 허공을 짓는 유목의 영혼이 이럴까

스리썸(Threesome)*

만년설 벌판에 사각형 문틀이 그려져 있다

이만 년 동안 열지 못한 문, 기필코 열겠노라
무채색 배경 속에 유채색 몸을 박아놓은 세 사람
씩씩대는 말소리를 사진 밖으로 퍼낸다
화소畵素처럼 찍히는 삽날 자국 늘어날수록
사진이 입체를 가진 생체가 된다

매머드 한 마리 죽지 못하고 있다는 풍문에서
바람을 제거한 감별사가
귀에 고여 있는 화소話素와 매머드의 입모양을 맞춰본다

수술실 무영등이 세 의사의 뒷머리를 비춘다
그림자가 없어 시선에 매달린 손이 털을 고른다
마뜨로쉬까 인형 속에서 인형을 꺼내듯
메스가 피부를 가른다
가위가 근섬유를 자른다
톱이 대퇴골을 썬다
핀셋이 골수를 찝어낸다
비커가 회전하며 유전자를 분리한다

현미경이 의무를 추출한다
주사바늘이 코끼리의 난자를 찌른다
손이 주사기를 누른다
매머드가 사정射精의 의무를 완료한다

이종異種 유전자와 이속異屬의 의무가 결합한다
사람의 욕망이 세포분열한다

시험관 속에서 자라나는 세 망령*이
맹세하는 자세로 머리와 손을 맞대고
사람의 시간에 지옥의 문틀을 그려 넣는 것에 합의한다

* 스리썸(Threesome): 세 명이 함께 하는 성행위.
* 세 망령: 로댕의 조각 〈지옥의 문〉 꼭대기에 서 있는 세 사람의 형상으로 향락,
　오만, 탐욕을 상징함.

냉장고의 기술

'첫'이란 당신을 근저당 잡았어요
처음 느낌이 말랑하게 씹히는 그대로
밤이면 다녀오는 문장으로
동면하고 있어요

죽은 새를 묻어준 손으로 사과를 먹고
보도블럭 신발에 낀 민들레꽃과 마주하고
아이의 손톱에 물든 오늘이 얼어가도
나의 몸을 달군 당신과 동혈이라 믿어요

촛불처럼 흔들리던 눈물이 증발했어요
편백나무 향기가 피어올린 몽상이 사라졌어요
언제부턴지 기타 선율에 흥얼대지 않아요
문을 열면 내 피돌기로 머물다 간 것들,
빙층으로 자란 당신이 보여요
간신히 매달려 나를 뱉어내요

설레던 말씨가 곱던 색깔이 얼룩얼룩 말을 하네요
세상의 모든 최초는 동토 안에 보존되어 있다고 했나요?
빙하 타고 내려온 먼 곳의 사연을 건너

연어처럼 거슬러 올라 당신을 산란할 수 있도록
뒤로 한번 걸어 볼까요

수많은 '첫' 당신을 이음동의어로 읽는 것은
손타기 쉬운 꽃 같고 날아가는 공기방울 같아
네온별 반짝이는 사막에서 환상방황으로 당신을 놓칠까
추렴해 봐요
기별 없는 기억을
세상에 없는 처음을

시의 영토에 첫 발자국을 만들며

꿈높이 구두를 갈아 신은 아침 같았다.

불현듯 다가온 당신이 동굴 밖에 인형 하나를 그리며 소란했다. 당신의 소리 없는 노래를, 안무 없는 춤을, 감정 없는 사랑을, 동굴 속 어둠을 빌려 수없이 적었다. 당신과 내가 짝짝이 신발이란 걸 알아차린 어느 날, 당신은 떠났다. 당신을 그리워하는 것이 호흡인 나날을 보냈다. 불안은 짐승 여럿이 사는 움막에서 동거했다. 침묵으로 수태 기간을 보내고 당신을 찾아 나선다. 당신이 날 알아볼 줄 알았다. 꿈높이 구두로 능동의 영토에 첫 발자국을 만든다. 이제 또 다른 불안을 내 허파에 기른다.

모험할 기회를 주신 심사위원님께 진심으로 감사드린다. 멀리 볼 수 있는 안목과 죽음을 담보로 시작에 임해야 한다고 가르쳐 주신 선생님께 고개 숙여 감사드린다. 무작정 시를 좋아하던 설렘을 어깨 힘줄로 길러 준 선목문학회, 에이스동인 혜경, 정현, 성진에게 고마운 마음 전한다. 끝으로 오랫동안 후견인으로 지켜봐 준 남편과 딸에게 기나긴 고마움을 표한다.

해마다 시 쓰기 열정 많아
향후 발전 가능성에 무게

예심을 통과한 열네 분의 작품들을 선자들이 숙독하고 논의했으나, 아쉽게도 올해엔 한눈에 띄는 당선작을 찾지 못했다. 전반적으로 일정한 수준의 기본기는 갖췄으나, 그 '너머'에 이르도록 끌고 가거나 들어 올리는 힘을 내재한 시편을 찾아내기란 꽤나 지난한 일이었다. 그러한 추동력이란 삶을 바라보는 서정적 진정성의 관점에서는 물론이려니와 언어 자체가 직조해 내는 미묘한 '아우라'를 통해서도 발현될 수 있는 것이기도 하다.

최종적으로 네 분의 작품들이 집중 숙고되었는데, 김지명의 「쇼펜하우어 필경사」, 지연식의 「가금의 서」, 박은선의 「흔적 하나」, 이도은의 「엄마는 외계인」이 그것들이다. 「가금의 서」는 가장 활달한 지적 실험 정신과 개성 있는 텍스트적 상상력을 보여주어 주목되었는데, 과유불급이랄까 시에 녹아들지 못한 생경한 언술이나 비유들이 흠결로 드러나 완성도라는 점에서 아쉬웠다. 「흔적 하나」는 창문 틈에 죽은 곤충의 시체를 화자로 한 묘사적 상상력이 진정성에 닿아 있어 끝까지 고려되었지만, 군더더기라 할 언술들이 많아 정련미가 부족했다. 「엄마는 외계인」은 동화적 상상력이라 할 나름의 발성법을 갖고 있어 발전 가능성이 보였으나, 좀더 웅숭깊은 시선과 시적 사유의 깊이와 넓이를 더해주기를 바란다.

고심 끝에 '당선작 없음'까지 고려되었으나, 해마다 시 쓰기의 열정을 불태운 투고자들의 고뇌와 절망을 감안하여 향후의 발전 가능성이라는 관점에서 「쇼펜하우어 필경사」를 당선작으로 선정했다. 「쇼펜하우어 필경사」 역시 수사적 완성도의 미흡함을 드러내고 있으나 앞으로 각고의 정진을 통해 문체를 획득하게 된다면, 오히려 이런 약점을 자신만의 시학을 구축하는 장점으로 전환시킬 수 있겠다는 기대를 갖게 하는 특유의 힘 있는 시적 언술을 보여주고 있다는 점을 높이 산 것이다.

심사위원 본심 : 엄원태 · 조용미, 예심 : 안상학 · 김이듬

신은숙

1970년 강원 양양 출생
강원대학교 국어국문학과 졸업
경희사이버대학교 미디어문예창작학과 재학중
2013년 세계일보 신춘문예 시 당선

shin0478@naver.com

■세계일보/시
히말라야시다

히말라야시다

나무는 그늘 속에 블랙홀을 숨기고 있지

수백 겹 나이테를 걸친 히말라야시다 한 그루
육중한 그늘이 초등학교 운동장을 갉아먹고 있다

흰눈 쌓인 히말라야 갈망이라도 하듯 거대한 화살표
세월 지날수록 짙어가는 초록은 시간을 삼킨 블랙홀의 아가리다

빨아들이는 건 순식간인지도 모르지, 그 속으로

구름다리 건너던 갈래머리 아이도 사라지고
수다 떨던 소녀들도 치마 주름 속으로 사라지고
유모차 끌던 아기엄마도 사라지고
반짝이던 날들의 만국기, 교장 선생님의 긴 훈화도 사라지고

삭은 거미줄 어스름 골목 지나올 때
아무리 걸어도 생은 막다른 골목을 벗어나지 못할 때
부싯돌 꺼내듯 히말라야시다 그 이름 나직이 불러본다
멀어도 가깝고 으스러져도 사라지지 않는 그늘이 바람 막는 병풍
처럼 그 자리에 우뚝 서 있다

해마다 굵어지고 짙어지는 저 아가리들
쿡쿡 찌르고 찌르면 외계서 온 모스부호처럼 떠돌다 가는 것들
멍든 하늘을 떠받들고 선 나무의 들숨 속으로 빨려 들어간다

삼켜지지 않는 그늘 속엔 되새떼 무리들
그림자 하나씩 물고 석양 저편으로 날아오른다

코스모스라는 별

감은 눈 속으로
별들이 쏟아진다

고향이라는 우주
그 심연深淵에 피는 별의 씨앗들

잊혀져 가는 들녘
걷는 이 드문 길섶마다
누군가의 등을 향해 피는 코스모스

기다림은 등의 빛깔일까
오래 전 앓아 누운 시골집
가슴은 비워내고 등만 키웠다

흔들리는 핏줄
여린 줄기 사이로 와락,
별들이 진다

바리스타

소나기를 드세요 는개는 감질나서요

한여름 땡볕에 숙성된 구름 한 조각과 당신의 불안과 우울을 섞어 핸드드립한 소나기가 오늘의 추천 메뉴입니다

당신은 올까요 기다림은 는개 같아요 구름이 꾸역꾸역 몰려와요 한 무더기씩 몰려왔다가 조잘조잘 빠져 나가는 구름들, 소란은 소리도 없이 사라졌어요

노을 한 점 떼어다 노릇노릇 구워 드릴까요 당신의 밋밋한 심장을 두드려 목마름 뚫어줄 소나기 한 잔 가슴에 타고 흘러요

사랑도 혁명도 가고 가을이 와서 바스러지는 밤 고독한 술잔 대신 향긋한 찻잔을 닦습니다 연애는 샛강처럼 흘러가고 식어버린 다방 커피는 스쿠터를 타고 가버렸어요 끝내 나타나지 않던 당신

나는 당신만을 위한 바리스타, 오랜 입김을 후후 부는 당신만의 취향이고 싶어요 저 하늘 별빛을 추출해 소나기로 내려 드려요 그런데 당신, 어디 있나요

절정

가을 숲이 단풍잎을 낳고 있다

얼마나 힘을 주었는지
발가락 끝이 다 빨갛다

아버지의 엑셀

아버지 예순 넘어 면허 따시고 돈백 주고
중고 엑셀승용차 장만하셨다

이른 아침이면 마당에 나가
차 닦으셨다 낯선 콧노래 부릉부릉 흘러나왔다

못투성이 고단한 몸과 연장을 실어 나르던
아버지의 엑셀은 지치지 않는 펌프 같았다

속이 좋지 않다고 동네병원을 다녀오신 아버지
암 그림자 몰래 싣고 큰 병원 찾아가셨다

넓은 주차장에 많은 차들 드나들 때
아버지의 엑셀은 묵묵히 여름을 나고 찬 서리를 맞고 있었다
아무도 임종을 보지 못했다

그 날 이후 시동이 걸리지 않던 아버지의 엑셀
나는 그가 간 곳이 단지
폐차장이 아니라는 것을 믿는다

도서관 가는 길

나는 도서관보다 도서관 가는 길이 더 좋다

뒷산 오솔길 소나무 그늘 따라
개망초 냉이꽃 흔한 풀들도 모여서 그림이 되는 길
옆구리에 책 끼고 땀 흘리며 걷는 길

저 위에 우뚝 선 도서관이 애인 같다
나는 취한 사람처럼 흔들흔들 간다
막 젖을 뗀 자음 모음처럼 삐뚤삐뚤 간다

뒤집힌 모래시계는 자꾸 괄약근을 풀고
아는 것도 모르겠고 모르는 것도 알 것 같은
너와 나의 거리距離

살아간다는 건
아는 것보다 모르는 것을 켜켜이 쌓아가는 일

도서관 가는 길 위에 서서 가쁜 숨을 고른다
문득 머릿속 검은 활자들이 떼지어 날아가고
가슴 속엔 그렁그렁 새 울음소리

울음은 대여되지 않는다

낮은 자세로 이름 없는 사물들을 사랑하며

노스트라다무스가 예언한 지구 멸망의 날, 한 통의 전화를 받았습니다. 지구는 저녁까지 안녕했지만 그 순간 저는 노스트라다무스의 예언이 떠올랐습니다. 시를 써 온 저와 그 깊은 절망에 대한 멸망을 보았습니다. 또 다른 멸망 앞에서 새로운 우주가 열리듯 오늘 저 밤하늘 너머로 사라지는 유성 하나에도 남다른 눈빛 하나 건넵니다.

필사하던 밤들을 생각합니다. 고급 독자로 시 읽는 행복감을 누리는 게 차라리 편할진대 시를 쓰겠다고 덤비는 순간부터 마음은 어두운 동굴을 혼자 걷고 있었습니다.

덜컥 당선이 되고 보니 기쁨에 앞서 두려움이 밀려옵니다.

시를 쓰면서 견뎌야 할 고독과 현실 앞에서 다시 태어나는 마음으로 정진하겠습니다. 제게 시는 마음으로 읽는 세상입니다. 그 안에 새소리 바람소리 깃들 수 있도록 마음을 유리알처럼 잘 닦아 놓겠습니다. 낮은 자세로 이름 없는 사물들을 사랑하고 살피겠습니다. 좋은 시를 쓰는 시인이 되고 싶습니다. 욕심이 있다면 단 하나 그것입니다.

고마운 분들이 많습니다. 먼저 부족한 작품을 뽑아주신 오세영, 강은교 심사위원께 큰절 올립니다. 묵묵히 지켜봐 준 가족들 그리고 '히말라야시다'가 있는 초등학교 앞에 사시는 엄마, 사랑합니다. 물방울의 힘을 알게 해주신 정병근 시인님 감사드립니다. 경희사이버대 김기택 교수님을 비롯하여 여러 교수님들, 학우들, 그리고 사랑하는 친구 숙희와 진경에게도 따스한 마음을 보냅니다. 또 저를 알고 응원해 주신 모든 분들과 이 기쁨 함께 나누겠습니다. 마음의 빚은 좋은 시를 쓰는 것으로 보답 드리겠습니다. 이제 조용히 히말라야시다에게로 가서 조금만 울고 싶습니다.

신선한 상상력 · 미학적 논리 통해 세계 재해석

예심을 거쳐 올라온 스물여섯 분의 작품을 놓고 심사숙의한 끝에 두 심사위원은 이의 없이 신은숙의 「히말라야시다」를 당선작으로 뽑는다. 구조적 완결성과 언어적 진솔성이 돋보였기 때문이다. 무엇보다 주목할 것은 시인이 한 특별한 사물의 인식에서 촉발된 신선한 상상력과 그 상상력의 미학적 논리를 통해 이 세계를 새롭게 재해석해 보여준다는 점이다.

이 시에서 시인은 이 세계란 하나의 큰 학교이며 삶은 그곳에서 이수해야 하는 일종의 학습이라 생각한다. 그런데 그 학습은 학교 운동장 한 켠에 말 없이 큰 그림자를 드리우고 서 있는 '히말라야시다' 의 존재론적 의미와 같은 것이 되지 않고서는 일상성을 탈피할 수 없다. 그러한 관점에서 이 시가 말하고자 하는바 생의 진정한 완성이란 히말라야시다의 나뭇가지에서 하늘로 날아오르는 되새 떼의 비상 같은 것일지도 모른다.

당선작이 시가 지향해야 될 이상을 소중하게 지키고 신선하게 형상화하려 노력한 점이 높이 살 만하다. 상상력에 대한 믿음, 언어적 소통에 대한 가치 부여, 미학성과 철학성의 적절한 조화 등이 그것이다. 오늘 우리 시단이 소통 부재의 언어유희나 정신분열적 사유의 독백 같은 시들로 오염되고 있어 더 그러하다. 본심에 오른 작품 과반수도 이 같은 경향에서 벗어나지 못해 씁쓸했다.

마지막까지 논의되다가 탈락한 작품으로 이시언의 「유리창의 파리」는 형상성이나 시상 전개에서 재능을 보여줬으나 상상력이 단순하고 독자에게 던지는 메시지가 약했다. 구한의 「노인목경건조공법」은 묘사

력과 수사가 탁월하고 언어의 밀도도 나무랄 데 없으나 시상의 비약이
심했고 대상을 단지 묘사해 보여주는 수준을 탈피하지 못한 게 흠이었
다.

심사위원 : 오세영 · 강은교

이병국

1980년 강화 출생
인하대 국어국문학과 졸업
동 대학원 한국학과 석사 수료
2013년 동아일보 신춘문예 시 당선

sodthek@hanmail.net

■동아일보/시
가난한 오늘

가난한 오늘

검지손가락 첫마디가 잘려 나갔지만 아프진 않았다. 다만 그곳에서 자란 꽃나무가 무거워 허리를 펼 수 없었다. 사방에 흩어 놓은 햇볕에 머리가 헐었다. 바랜 눈으로 바라보는 앞은 여전히 형태를 지니지 못했다.

발등 위로 그들의 그림자가 지나간다. 망막에 맺힌 먼 길로 뒷모습이 아른거린다. 나는 허리를 펴지 못한다. 두 다리는 여백이 힘겹다.

연필로 그린 햇볕이 달력 같은 얼굴로 피어 있다. 뒤통수는 아무 말도 없었지만 양손 가득 길을 쥔 네가 흩날린다. 뒷걸음치는 그림자가 꽃나무를 삼킨다. 배는 고프지 않았다.

꽃이 떨어진다.

안녕, 가족

침대 머리맡 세 번째 모서리 아이가 잊혀질 때 시간을 얹고 너의
얼굴을 대했을 때 비로소 슬픔이 잠을 깨고 여자는 두 번째 칼날을
삼켜 안녕했지 이미 우리는 연분홍 봄바람을 만장輓章처럼 들고.

덩그러니 놓인 문 앞에서 흙으로 쌓아올린 화환花環을 만져봐도
어제의 숨을 이제 와 안을 수는 없고 오월의 밤, 허기진 채 한 공기
의 이팝꽃을 삼키며 우리는 새까만 심장을 한숨처럼 입어야 했어.

남자가 첫 번째 모퉁이에 누워 불어오는 슬픔을 만질 때 오늘의
숨을 내려놓고 꾹꾹 눌러 날렵하게 송곳니를 세워, 너에게 타는 심
장을 선물할게* 집나간 고양이 꽃밭에서 뒹굴면 네 번째 우리가 마
주하고 그렇게 내가 입에 문 시간을 칼날처럼 삼키고.

* 자우림 노래 〈새〉 중에서.

나는

　머리를 긁적이며 걸어가는 남자의 그림자, 나는 뒤꿈치에 굳어 있는 살비듬, 툭툭 떨어져 밟힌다. 혹은 닿다가 떼어낸 보푸라기, 느릿느릿 남자의 구두를 따른다. 흐늘대는 팔뚝 너머로 문이 보이고 문이 열리고 문이 닫히고 남자는 문 앞에 선다. 나는 문간에 매달아놓은 금줄, 미처 울어보지 못한. 떠드는 소리가 조곤조곤 묻히고 남자가 돌아누운 바닥이 울렁거리지만 누구도 나와 보지 않는다. 깍지 낀 손마디로 남자는 눈물을 읽어낸다.

　나를 밟는 소리가 도처에 흐르네

　옹색한 변명에 짓눌려
　모로 쓰러지네

　괜찮다고 무너지네

　오지 말라는 말이 발끝에 걸려 있다, 문풍지를 맴도는 하얀 시간처럼. 나는 그림자, 위를 배회하는 보푸라기, 굳어버린 살비듬, 뒹구는 금줄. 나는 조곤조곤 떠도는 소리, 요동치는 바닥, 잘려 나간 손가락. 남자가 일어났다. 문을 노려보고 뒷걸음치다 나를 밟았다. 아파. 눈물이 낙엽처럼 붉게 메말라 갔다. 바닥에는 외로 난 금, 남자

가 뛰어든다. 금에 걸려 넘어진 나는 없다. 아파. 문이 열리고 손이
말한다. 어제는 오늘이었다.

바지 위에 쪼그려 앉아

당신이 밟고 지나간 시간이 그의 주위로 털썩 주저앉았던 그날에 시작되었지요. 어쩌면 처마를 훑고 쏟아지는 햇살에 눈이 부셔 대문을 닫아걸던 그 순간이었을지도 모릅니다. 대문 앞에 놓인 의자에 앉아 나날을 졸고 있던 당신의 언저리, 쏟아놓은 술병들이 와자하게 소란을 벌이고 있었지요. 한 포대 가득 들어찬 공허가 그악스럽게 소리치며 달려들었어요. 저기 도로 위로 차들이 빠르게 흩어지고 걸음이 느린 그가 당신을 찾아왔지요. 마당 한 가득 펼쳐놓은 붉은 고추가 햇볕에 말갛게 타들어가는 늦은 오후, 그가 당신에게 이야기를 합니다. 아직 그대로라고.

오롯이 바닥에 무릎을 대고 숨을 몰아대던 시절, 삶이 깜빡하고 정신을 잃었다 돌아오는 순간이었지요. 전화기 너머 가쁜 목소리 끝에 당신이 매달려 있었습니다. 긴 장마 끝에 쌓아놓은 연탄이 무너지듯이. 아궁이에서 흘러나온 검은 물이 배수구로 채 빠져나가지 못하고 마루로 방으로 들이치듯이. 갑작스럽게 혹은 당연하다는 듯이. 겹쳐놓은 이불 틈에 있던 기억이 한 움큼의 지폐와 도시의 막다른 골목을 헤맵니다. 주파수가 어긋난 라디오의 사연이 지붕 위에서 햇볕을 쬐고 있어요. 걸음이 느린 그가 당신을 병원에 뉘여 놓던 날의 이야기.

등을 맞대고 떨어지는 물줄기를 맞았습니다. 당신의 몸을 볼 수 없었기에 거울을 뒤로 밀어냈지요. 빨래판처럼 단단했지만 금세 물에 젖은 골판지처럼 당신은 쏟아졌습니다. 수건으로 간신히 추슬러 보았지만 형체를 갖출 순 없었어요. 검게 물든 수건이 요란하게 울고 있었습니다. 노란 불빛이 간신히 밤을 붙잡고 있었고 당신은 하얀 국물을 허겁지겁 들이켰지요. 바지가 발에 밟혀 주저앉은 채 그가 느릿느릿 이야기를 합니다. 거울 속에 시간이 비칩니다.

바지가 발에 걸려 세상이 무너졌습니다. 아직 그대로라고 중얼대는 희미한 입을 삼킵니다. 바지를 밟고 앉아 쪼그린 시간을 바라봅니다. 빈집에 들어가 처마 밑 제비집을 무너뜨린 십일월의 어느 날. 바짝 마른 진흙을 몸에 바른 그가 무른 손으로 차양을 만들어 햇볕을 가립니다. 당신에게 하지 못한 이야기가 대문 앞에 앉아 있습니다. 초점을 잃은 눈이 가볍게 비틀댑니다. 등받이가 없는 의자를 나란히 놓았습니다. 무너진 세상이 바지 위에 매달린 채 옆에 기대어 섭니다. 어느 날 문득, 이라는 단어가 비틀대는 오후. 햇살이 비스듬히 그림자를 키웁니다.

아침

1

    나, 가기에는 아직 못다 한 말들이 많아 이불 위로 수북이 쌓여가
는 시간을 건너가네 그래도 목이 트이질 않아 숨을 마셔 보네 애당
초 들어오지 말았어야 했나

2

밤이 얼굴에 붙었다
아침 햇살에 털어내어도
얼굴에 붙은 밤은 방을 채운다
캄캄한, 얼굴을 닦아내고 버린
물을 배수구가 뱉는다
얼굴이 솟구친다
문 밖에서 소리가 들린다, 똑똑
문을 열어주려는데 손잡이가 없다
열리지 않는 문 앞에서

턱 밑으로 고이는 검은 물방울

첨벙거리는 발자국이 고인 물에 담긴다
문 틈 사이로
메마른 입술, 숨이 붙어 떨어지지 않고
말은 숨을 밀어내지 못해
밤의 얼굴 어디에선가 숨죽여 흐느낄 뿐
흐르는 물을 타고
똑, 똑, 햇살이 떨어진다

3

이불 가득 들어찬 얼굴, 아침 햇살에 타들어간다

그림자 기차

습한 신발을 머금고 눈이 닿던 곳이 어쩌면 우리가 머물 수 있었던 하나뿐인 집이었을 거야. 뒤이어 들어올 누군가에게 밀려 웅숭그리고 있는 숨들이 한데 얽혀 어두운 빛에 떨고 있었어. 구부러진 등을 타고 내려선 얼굴이 배웅 나온 사람마냥 표정을 잃어. 이만하면 우리는 괜찮은 거야. 어차피 잠시 머물다 가는 거라면 얼굴을 남길 필요는 없겠지. 라벤더와 레몬향이 뒤섞인 몸을 뒤척이면 아직 일어서지 않아도 돼. 창 밖으로 사람들이 서로의 품이 되어 조용히 흩날리고 있어. 그들은 집이 있어도 집으로 가질 않아. 그곳에는 바랜 얼굴들이 숟가락을 섞곤 하지. 아직 배가 고픈 아이가 시간을 휘젓기만 하고 삼키질 못해. 주위를 둘러보면 지친 손들이 옷들을 고쳐 매고는 빈 잔을 들고 무덤을 마시지. 그러니 우리 몸에서 라벤더가 피어나는 것쯤은 괜찮은 거야. 여기보다 멀리, 종착역에 가까운 십일월의 그림자를 저만치 달음질쳐 보내고 나면 우리는 다른 계절에 닿을 거야.

신문에 제 시가 놓이게 된다니
마음에 창 하나 빛나게 되네요

대문을 사이에 두고 나란히 창이 나 있었습니다. 늘 한쪽 창의 불이 꺼져 있기를 바라며 집으로 향했던 때가 있습니다. 어둔 방에 불을 켭니다. 그렇게 십여 년이 흘렀고 빈 방에서 저와 아버지에 대한 시를 씁니다. 월미도 유람선에서 쓴 시를 교실 뒷벽에 붙여놓았던 고등학교 2학년에서 어느덧 미끄러져 서른을 훌쩍 넘겼습니다. 신문에 제가 쓴 시가 놓이게 된다니 제 마음에 창 하나가 밝게 빛나게 되네요.

심사위원님들께 감사 인사드립니다. 이번 생일이 1월 1일인데, 생일 선물을 너무 거창하게 받네요. 밖에 내놓은 아들 걱정하며 노심초사하는 어머니, 그 곁에 함께 하는 분당 아버지께도 감사드려요. 최원식 선생님, 김명인 선생님을 비롯한 인하대학교, 대학원 선생님들과 동문들께도 감사드립니다. 탁경순 선생님, 꼭 찾아뵐게요. 그리고 지금 옆에서 절 응원하고 같이 웃어주는 그녀, 고마워요.

그저 말 많은 선배에서 그래도 신춘문예 당선된 선배로 남게 되어서 얼마나 다행인지, 가슴을 쓸어내리네요. '멋진수요일', '청하', '시선'. 대학 때 만난 학회들이 아니었다면 지금의 제가 있었을까요. 숱한 세미나와 술자리들이 모두 기억에 남습니다. 그 곁을 함께 한 선후배 모두 고맙습니다. 이제 즐겁게 시, 쓰겠습니다.

가난에 형상을 부여하는 힘…
최고 작품에 대한 설레는 기대

통념을 깨는 상징을 찾아라, 감각의 명증성明證性을 보여라, 생명의 도약에 공감하라, 세계의 찰나를 경이로써 보여주라. 좋은 시의 덕목으로 꼽을 만한 것들이다. 무엇보다도 껍질을 깨라! 도약하는 힘을 보여라! 마치 "알맹이의 과잉에 못 이겨 반쯤 벌어진 단단한 석류들"이 그렇듯이. "제가 발견한 것들의 힘에 겨워 파열"하고, 사물의 새로움과 내면의 고매함을 융합하며 붉은 보석이 밖으로 터져 나온다.(발레리의 시「석류들」에서 일부 인용) 상상력은 늘 그렇게 독자를 익숙한 것들에 대한 놀라운 개안開眼으로 이끈다.

「이모의 가까운 해변」「골목을 들어올리는 것들」「향리의 저녁 일지」「발의 원주율」「어제의 인사」「끌어안는 손」「오늘 너의 이름은 눈」「친구들」「가난한 오늘」「迷路庭園」「밀의 기원」「꽃 앞의 계절」 등을 최종심에서 읽었는데, 그것은 개성과 환유의 백가쟁명百家爭鳴 속에서 무르익어 스스로 내면을 깨고 터져 나오는 시를 찾는 일이다. 익숙한 서정을 찾기 힘든 대신에 낯선 감각과 의도된 착란들이 그 자리를 차지하고 있다는 흐름은 주목할 만했다.

우리는 서너 편의 시를 손에 쥐고 오래 망설였다. 「가난한 오늘」을 두 시간이 훌쩍 넘는 고심 끝에 골랐다. 신체 말단이 잘리고 헐고 바랜 자는 상처 받은 자이고, 그 상처는 가난의 흔적일 것이다. 일절 엄살이 없다. 아픔을 과시하는 혜픔을 절제하고 가난에 형상을 부여하는 힘은 정신의 야무짐에서 나온다. 시구와 시구 사이의 여백이 그 시적 물증이다. 수사가 덜 화사하고 주제가 소박했지만 아픔과 미망에 대한 표현의

간결함에서 사물에 감응하는 시인의 정직과 내핍의 염결성을 느꼈고, 그것에 깊이 공감했다. 이 시인의 가장 훌륭한 시는 아직 씌어지지 않은 게 분명하다. 지금보다 더 좋은 시를 쓸 수 있으리라는 가능성이 우리를 설레게 한다.

심사위원 : 장석주 · 장석남

이정훈

강원도 평창군 출생
경복고등학교 졸업
한국외국어대 2년 중퇴
강원대학교 사학과 졸업
BCT(벌크 시멘트 트레일러) 운전
2013년 한국일보 신춘문예 시 당선

man6120@naver.com

■한국일보/시
쏘가리, 호랑이

쏘가리, 호랑이

나는 가끔 생각한다
범들이 강물 속에 살고 있는 거라고
범이 되고 싶었던 큰아버지는 얼룩얼룩한 가죽에 쇠촉 자국만 남아
집으로 돌아오진 못하고 병창* 아래 엎드려 있는 거라고
할애비는 밤마다 마당귀를 단단히 여몄다
아버지는 굴속 같은 고라뎅이*가 싫다고 산등강으로만 쏘다니다
생각나면 손가락만 하나씩 잘라먹고 날 뱉어냈다
우두둑, 소리에 앞 병창 귀퉁이가 와지끈 무너져 내렸고
손가락 세 개를 깨물어 먹고서야 아버지는 집으로 돌아갔다
아버지가 밟고 다니던 병창 아래서 작살을 간다
바위너덜마다 사슴 떼가 몰려나와 청태를 뜯고
멧돼지, 곰이 덜걱덜걱 나뭇등걸 파헤치는 소리
내가 작살을 움켜쥐어 물 속 산맥을 타넘으면
덩굴무늬 우수리 범이 가장 연한 물살을 꼬리에 말아 따라오고
내가 물 속의 들판을 걸어가면
구름무늬 조선표범이 가장 깊은 바람을 부레에 감춰 끝없이 달려가고
수염이나 났었을라나 큰아버지는,
덤불에서 장과를 주워먹고

동굴 속 낙엽잠이 들 때마다
내 송곳니는 점점 날카로워지고
짐승의 피를 몸에 바를 때마다
나는 하루하루 집을 잊고 아버지를 잊었다
벼락에 부러진 거대한 사스레나무 아래
저 물 밖 인간의 나라를 파묻어 버렸을 때
별과 별 사이 가득한 이끼가 내 눈의 흰창을 지우고
등줄기 가득 가시가 돋아났다 심장이 둘로 갈라져,
아가미 양쪽에서, 퍼덕,
거, 리, 기, 시, 작, 했, 다
산과 산 사이
소沼와 여울, 여울과 소沼가 끊일 듯 끊일 듯 흘러간다
좌향坐向 한번 틀지 않고 수십 대를 버티는 일가붙이들
지붕과 지붕이 툭툭 불거진 저 산 줄기줄기
큰아버지가 살고 할애비가 살고
해 지는 병창 바위처마에 걸터앉으면
언제나 아버지의 없는 손가락, 나는

* '절벽'이란 뜻의 강원도 사투리.
* '골짜기'란 뜻의 강원도 사투리.

봄

　하루 식전엔 누가 대문 밖을 서성거리기에 문 빼꼼 열고 봤더니 그 눈치 없는 것, 봉두난발에 흙발로 샐쭉 깡통 내밀데요 언제 동네를 한 바퀴 돌았는지 흰 쌀에 노랑 조, 분홍 수수 자주 팥 없는 것이 없는데 그냥 보내기 뭣해서 보리 싹 한 줌 얹어주었지요 고것이 인사도 없이 뒤꿈치를 튀기며 가는데 멀어질수록 들판은 점점 무거워지고 하늘은 둥둥 가벼워지고 먼 개울가에선 툭툭 버들강아지 눈 틔우는 소리 들려왔어요 참 염치도 없지, 몽당숟갈 하나 들고 따라가고 싶더라니까요

삽삭코

굽도 젖도 않는 다리가 한 발짝 뒤로
두 발짝 앞으로 몸을 끌고 들어오면
엄마는 멍석 끝으로 그를 맞았다
토사처럼 흘러 들어가는 밥과 국
군복 등판에 산 그림자가 버캐로 내려앉았다

산이 산이 아니고 물이 물이 아니어서
그날 모든 벽이 허물어져 버렸다
사람들이 손을 잡았을 때는
그도 반나마 묻힌 후여서
못 죽는 입이 살 수 없는 몸을 다독여도
혼이 자꾸 흙투성이가 되곤 했다

무덤 만들 데가 없어서 등을 봉분 삼았다
집이 사라졌으므로 봉분 위에 세간을 들였다
뒤로 한 발짝 앞으로 두 발짝
커다란 바랑에 자루 두 개가
천천히 강둑길로 흘러갔다
삽삭코, 그저 삽삭코
한마디 남은 말만 중얼거리며

복숭아나무 아래

젊어 힘 좋을 땐 밖에 나가 다 떨어먹고
어머니는 복숭아껍질을 까며 줄창 푸념
아버지야 어머니 입매에다 허물쩍 웃지
젊어 힘 좋을 때와
떨어먹는다는 말의 주객主客을 곰곰 흔들면
어디서 복숭아 향 솔솔 날아오나
한때는 다 꽃 피던 복숭아나무
가지를 함부로 당기다 먼 데로 떠나던 나그네
어디까지 갔다 왔는지는 알 수 없지만
복숭아 언덕에서 멀지 않았던 노정이
꼭 무슨 탓일라고
난 바람의 행적은 있어도
든 바람의 내력까지야 누가 기억하겠나, 한들
나도 한번 떨어먹었으면
복사뼈 깊이 가둬 둔 바람을 훔쳐 타고
세상의 언덕마다 싸돌며
내 안의 꽃가루를 옮겨주었으면
나무는 혼자 꽃 피고 열매 맺으며
귀먹고 눈 어두워 돌아올 나그네를 기다릴 테지
그때 알 복숭아 주렁주렁 매달린 거친 가지가

또 날 뭐라 불러줄까
늙으니 할멈밖에 없지?
어머니는 말끝에 혼자 웃고
아버지는 말 잘 듣는 아이처럼 복숭아만 우물거리고
그럼 나도 한 쪽 거들며 속으로 한 마디
노형老兄, 어디까지 가시오?
다 떨어먹고 온 나그네와 떨어먹을 나그네가
나무 밑동에 기대어 복숭아를 나눠 먹는다
가지 끝에 단물 뚝뚝 흘러내린다

내용증명— 大韓民國 貴下

　몸은 한수 이남을 오르락내리락하고 눈은 내 마누라와 남의 마누라 언저리를 오락가락했으되 속마음이 꼭 그런 것만은 아녀서 목마른 사슴이 바위 밑마다 코를 대보듯 이 땅에도 자유와 평화와 정의가 한 줄금 솟아나길 고대하던 강원도 사람 이 아무개(자영업, 현 43세)는 오늘부로 귀국의 국민이기를 정중히 사양하오니 이는 조국이 젊은 날로부터 끊임없이 체득케 해준 것이 헌법 1조의 정신이 아니라 형법의 여러 조항들이었던 사실로부터 결과한바 국민으로부터 나왔다는 주권主權은 족적 묘연해 우리에게 남겨졌느니 그저 주권酒權뿐인 이 싸가지 없는 역사의 날 이제 미꾸라지 한 마리 몸 적실 데 없는 말라붙은 개울가에서 자갈을 씹는 사슴의 심정으로 쓰나니 백 년이고 천 년이고 후 이 땅의 새로운 나라 새로운 역사가 못난 조상들을 치죄할 때 그는 이미 대한민국 사람이 아니었다 증거해 주시길 앙망하나이다 장수하소서

　2009년 5월 23일

해와 물고기

연둣빛 입술 핥아보고 싶습니다
왜 옆구리에 작살을 쑤셨는지
살얼음에 집어던진 돌멩이 자국
아른거리던 빛이 순식간에 꺼져요
쇠가 빨아들이는 겁니다 조철이라고,
불구덩이 속 벌겋게 달아오른 쇠가 식어가는 거
거뭇거뭇 그림자가 중심으로 몰려오지요
그러곤 깜깜입니다
대장장이는 보이지 않는 지느러미를 힘껏 내리칩니다
물고기는 쇳소리를 치며 달아납니다
피차 멀리멀리 가는 겁니다
작살이 바위틈에서 퍼덕거립니다 철그렁 철그렁,
무지개를 얇게 오려 씹었습니다
빛나는 피 한 방울 발라 먹었습니다
발부리를 감고 흐르는 수액 속
불의 뼈, 물의 연기가 조금 남았달까요
산이 검고 깊어 쨍쨍
해 뒤에서 누가 메질하는 소리
저 북방에선 이렇게도 부릅니다
골레쯔,

한없이 차고 맑은 계류에 산다

세 번 도리질했는데… 두 아이 이름 적어놓고
또 밤길을 줄여갑니다

세상의 하고많은 배역 중
왜 제게는 나귀 한 마리와
끝없이 걸어야 하는 길이 주어졌는지

밤마다 손바닥을 들여다봅니다
후벼서 미안하다는 듯 흐르는 이 강을
오늘은 애수라고 불러봅니다
내가 강가에 마을 하나 지어 놓으면
밤나무 두 그루와 낡은 슬레이트 지붕이 떠갑니다
뇌운 용항 도돈 판운 멀리 주천까지 갔다가
돌아오는 여울 가 삐익 삑
노루새끼 호드기 붑니다

고지를 받았을 땐 지실고개를 넘고 있었습니다
아니요, 세 번 도리질했는데
네 번 맞다고 해서 박달재를 넘을 땐
말씀으로 수태한 처녀의 심정이었습니다
딱!
밤톨 떨어지는 소리가 만종처럼 울려
다릿재 꼭대기 노을이 시속 팔십 킬로미터
붕붕 서쪽으로 굴러갔습니다

그립고 고마운 이름이 왜 없겠습니까만
나경 해오니 두 아이의 이름 울금빛으로 적어놓고
또 밤길을 줄여야 합니다

고형렬 선생님, 감사합니다

독특한 개성의 탄생…
신화적 상상력의 눈부신 질주 보는 듯

　세 명의 심사위원이 투고작 전부를 나눠 읽고 거기서 추린 작품을 토대로 논의를 거듭한 결과 「쏘가리, 호랑이」(이정훈)를 당선작으로 결정하는 데 합의했다.

　「쏘가리, 호랑이」를 비롯해 이정훈의 작품은 요즘 우리 시단에서 보기 힘든 신화적 상상력의 눈부신 질주를 보여준다. 그 상상력은 강물에서 헤엄치는 물고기를 산맥을 치달리는 호랑이로 치환시키는 마법을 가능케 한다. 우리 민족 고유의 향토적 풍광을 배경으로 펼쳐지는 이 시는 마치 이 땅에 산업사회가 도래한 적이 없는 것 같은 착각을 불러일으킬 만큼 언어의 구체성과 밀도를 획득하고 있다. 이 독특한 개성의 탄생을 축하하며 다만 그의 시편들에 내포된 일종의 아나크로니즘(의도적인 시대착오성)을 앞으로의 시작을 통해 어떻게 극복할 것인지 모색해 주길 바란다는 권고를 덧붙이고 싶다.

　「단풍나무 빵집」의 손현승은 심사위원들에게 오랜 망설임의 시간을 강요한 응모자였다. 대화체를 적절히 활용한 이 시는 대상이 되는 빵-빵집-빵집 여자에 범용한 일상성을 뛰어넘는 서정적 후광을 씌워주는 데 성공하고 있다. 삶을 바라보는 따스하면서도 원숙한 시선이 인상적인 이 시는 읽다 보면 고소한 빵냄새가 주변에 감도는 듯한 풍미를 선사한다. 심사위원 구성이 조금만 달랐다면 최종 결과가 다르게 나왔을지도 모를 만큼 이 작품이 주는 매혹은 상당했다.

　「곰이 돌아왔다」의 장유정도 아까운 응모자였다. 투고작 전부가 일정한 수준을 유지한 견고한 시적 형상화 능력을 보여주고 있었다. 이미지

의 조형이나 어조의 완급조절에 뛰어났으나 전체적으로 시적 발상이
새롭지 않다는 난점을 갖고 있었다.

　이 밖에 「누군가의 단검」의 김지연, 「애플파이 레시피」의 고태관,
「골목은 모퉁이를 돌면 막혀 있다」의 유병현, 「불룩한 체류」의 이문정
등도 기억에 남는 작품을 선보인 응모자들이었다. 이들 모두에게 건필
의 응원을 보낸다.

심사위원 : 황현산 · 황지우 · 남진우

이해존

1970년 충남 공주 출생
2013년 경향신문 신춘문예 시 당선

311jon@hanmail.net

■경향신문/시
녹번동

녹번동

1

　햇살은 오래 전부터 내 몸을 기어다녔다 문 걸어 잠근 며칠, 산이 가까워 지네가 나온다고 집주인이 약을 치고 갔다 씽크대 구멍도 막아 놓았다 네모를 그려 놓은 곳에 약 냄새 진동하는 방문이 있다 타오르는 동심원을 통과하는 차력사처럼 냄새의 불똥을 넘는다 어둠 속의 지네 한 마리, 조정 경기처럼 방바닥을 저어간다 오늘은 평일인데 나는 백족百足으로도 밖을 나서지 않는다

2

　산이 슬퍼 보일 때가 있다 희끗한 뼈마디를 드러낸 절개지, 자귀나무는 뿌리로 낭떠러지를 버틴다 앞발이 잘리고도 언제 다시 발톱을 세울지 몰라 사람들이 그물로 가둬 놓았다 아물지 않은 상처가 곪아가는지 파헤쳐진 흙점에서 벌레가 기어나온다 바람이 신음소리 뱉어낼 때마다 마른 피 같은 황토가 쏟아져 내린다 무릎 꺾인 사자처럼 그물 찢으며 포효한다

3

　저마다 지붕을 내다 넌다 한때 담수의 흔적을 기억하는 산 속의 염전, 소금꽃을 피운다 옷가지와 이불이 만장처럼 펄럭이며 한때 이곳이 물바다였음을 알린다 흘러내리지 못한 빗줄기를 받아내는 그

룻들, 부글부글 끓어올랐다 방 안에 고인 물을 양동이로 퍼낼 때 땀
방울이 빗물에 섞였다 오랫동안 산 속에 갇혀 있던 바다가 제 흔적
을 짜디짠 결정으로 남긴다 장마 끝 폭염이다 살리나스*처럼 계단
을 이룬 집들을 지나 더 올라서면 산봉우리다 계단 끝에 내다 넌 내
몸 위로 햇살이 기어다닌다

 * 페루 고산의 계단식 염전.

간질에 대한 오해

이건 병이 아니고 단지 증상일 뿐이라고?
오래된 증상이 그 사람의 모양을 만들기도 하지
떨림의 징후가 감지되는 순간
두드러기처럼 온몸에 퍼져 나가는 뻣뻣함을 봐
떨림은 은유가 아니고 병이라고
나 아닌 누군가 내 몸을 붙들고 있는 걸까
죽은 영혼을 몸에 싣는 영매도 이물감에 몸서리치잖아
아무렴, 황홀경 속에 뒤바뀌는 생과 사의 갈림길에서야
봐, 바로 눈앞 술잔이 용수철 장난감처럼 출렁이잖아
몸 속 기억을 모두 펼쳐봐
그 속에 나 아닌 많은 눈동자가 있다면
그건 이미 잘려진 기억일 거야
뼈마디를 자근자근 재워놓는 술에 취한다면
떨림을 잦아들게 할 수는 있지
한꺼번에 취할 수 있는 알약은 왜 없는 걸까
긴장하지 말라고?
마음보다 병이 저만치 앞서 있어 속수무책이야
봐, 바람도 없는데 이유 없이 머리카락이 흔들리잖아
떨리는 약포지가 놓쳐 버린 프라놀 한 알,
동전처럼 구르다 모서리에 숨어버렸어

놀란 눈을 뜨고 날 바라보고 있지
공복에 집어삼킨 프라놀과 리보트릴*
동전처럼 짤랑거리며 몸 속 깊이 떨어지는 소리가 들려

* 항진정제의 일종.

옆구리

옆구리에 방이 있다 방에는 식탁도 꽃병도 빗장도 없다 누구나 휘돌아 나갈 뿐 살이 되지 못하는… 오래된 벽지를 뜯어내면 살내가 났다 벽지를 돌돌 말아 창문을 만든다 그 사이 옆구리는 더 넓고 어두워져 메아리만 키운다 당신에게 건넨 말이 다시 몸 속에 들어와 갇혀요, 탁자 위 메모도 없이 옆구리를 빠져나갔다

치명적인 옆구리의 사내가 있다 바람이 비닐봉지를 부풀리고 소주병을 쓰러뜨린다 무언가 쏟아내지 못한 것들이 쓰러져 옆구리가 된다 바람이 잔가지 쏟아낼 때, 사내가 몸을 일으켜 한 손으로 옆구리를 뒤져 본다 두툼한 주머니에서 두루마리 길게 풀려 나온다 꼬리처럼 드리우며 걸어간다

처음부터 식탁도 꽃병도 빗장도 없었던 것은 아니다 오랫동안 옹이 진 한 사람이 빠져나가고 한쪽 옆구리로 기울기 시작했다 희디흰 갈비뼈로 빗장을 걸고 옆구리를 베고 눕는다 언제부턴가 자주 주머니 속에 손을 넣었고, 구멍난 주머니 속으로 따뜻한 내 살을 만져본다

안락한 변화

아침마다 뾰족 구두가 계단에 긁힌다
도심을 꿰뚫어 올릴 듯 도로가 머리 위에서 달린다
내려야 할 곳 지나칠 때면 펼쳐진 책이 글러브처럼 공기를 낚아챈
다
다시 회전문을 밀치고 계단을 내려선다
그 사이 폭설이 내렸고 산수유나무가 꽃망울을 터뜨렸고
구두코에 빗금이 늘어났다
보도블록으로 어둠이 배어든다
불빛 속으로 숨어들고 싶어 여러 얼굴 떠올린다
만나지 않은 사람, 이미 어제의 반듯한 코를 세웠고
나누지 않은 얘기 한쪽 귀만 떼어 갔다
주머니 속 눈알만 만지작거리며 집으로 향한다
배치를 바꿔 볼까,
오랫동안 서 있던 접이식 책상의 무릎을 꺾어
의자 대신 방석을 놓는다
얼룩진 벽지 위에 피카비아의 카코딜 눈*을 붙여 놓는다
주머니 속 한쪽 눈알을 꺼내 붙여 놓는다
책꽂이와 침대의 위치도 바꿔 본다
일테면, 그 사이 폭설도 없었고 산수유나무는 내내 마른가지를 늘
어뜨렸고

구두코는 말짱했다
탁상 달력은 열두 장을 돌아 처음 그 자리다
나는 다만 사라지고 싶을 때가 있고
무언가 저지르고 싶은 일은 아무 일 없어 정말 다행이고

* 커다란 캔버스에 서명·말장난·낙서·경구들로 가득 차 있고, 그 위에 그린
  눈 한 개가 정신없는 관람자를 빤히 바라보고 있는 그림이다.

정글짐

더 이상 낙서는 벽을 타고 오르지 않아요
훌쩍 커버린 아이들을 위해 도배를 했어요
넝쿨로 뻗어나간 낙서들 덧발라진 벽지 속에서 시들어 가겠죠
안과 밖의 신열에 들떠 낙서 위에 눈물이 맺히기도 하겠죠
쭈글쭈글한 젖가슴에 살이 오르고
엄마는 할머니였다가 다시 엄마가 되었어요
평생 뜯어낼 일 없는 건물이 때론 조립식으로 지어지기도 해요
빼곡히 들어선 아이들
조립식 뼈마디가 조금씩 어긋나기 시작했어요
균열 가지 않는 조립식은 통째로 삭아가요
햇살에 눈 찔린 채 마당을 달리고
문고리도 창턱도 오르기 위한 발판일 뿐이에요
아이들은 제 홀로 칭얼거리다 멎는 법을 배워요
넝쿨로 뻗어나간 그리움 건물을 휘감고
방 안에 어둠이 찾아와요
창문에 맺힌 이파리가 파닥거리며 꿈 속으로 들어가요
밤마다 아이들이 넝쿨을 타고 길 끝에 다녀오곤 해요
한 번 흘러나간 길은 왜 돌아오지 않는 건가요,
벽에서 떼어낸 낙서가
아이들 가슴에 치렁치렁 넝쿨을 키워요

조명 점술가

바닥에서 빛이 뻗어 나온다 여인은 바닥조명 위에 합성처럼 앉아 있다 그 주위로 사과궤짝이 놓이고 오래 된 노트가 펼쳐진다 지나는 사람들은 빈 페이지같이 표정이 없다 이따금 여인은 빛의 방석에 앉아 손짓을 한다 그때마다 불빛이 소맷자락의 풀린 올들을 비춘다 손 내밀면 깔고 앉은 불빛이 순식간에 솟아올라, 일생을 통과할 것만 같다 사람아, 몸을 입어 마음이 시리구나 빔 속으로 잠깐씩 드러났다 사라지는 세계들, 바닥조명이 오래도록 지상의 점괘를 밝힌다 길흉이 불시착한다

바닥조명이 활주로처럼 놓인 북촌길 따라 걷는다 매일 똑같은 자리에 앉아 있던 여인 대신 오늘은 사과궤짝만 손님을 기다린다 어디로 간 것일까, 어쩌면 바닥조명에게 자리를 내어줬는지 모른다 바람이 바닥조명 위에 모래알을 쌀알처럼 뿌리고 간다 흩뿌려진 알갱이들, 점점이 괘를 이룬다 은행잎도 한 계절을 다하고 바닥조명 위에 잎맥을 내민다 누군가 밟고 간 발자국을 읽느라 빛기둥이 더 세차게 솟아오른다 불편한 도시의 손금들이 붐빈다

지치지 않고 열심히 쓰겠습니다

사무실 마감 일 때문에 정신없을 때 당선 전화를 받았습니다. 올해도 이렇게 지나가 버리는구나, 생각하고 있을 때였습니다. 잊기 위해 일에 매달리고 있다는 것이 다행스러울 때였습니다. 연말연시를 생략하고 2월의 어느 일상으로 앞질러 가고 싶을 때였습니다. 믿기지 않아 당선 전화를 받고 난 후, 누군가 잔인한 위로의 장난 전화일지도 모른다는 생각에 다시 확인 전화까지 해야 했습니다.

영화 〈폴락〉에서 피카소는 '질서'를, 폴락은 '무질서'를 화폭에 담아냅니다. 피카소는 성공을 거둘수록 행복해지지만, 폴락은 그 반대가 됩니다. 성공할수록 질서가 잡히기 때문입니다. 실패를 두려워하지 않고 흔들리겠습니다. 최종심에서의 수많은 고배가 모루가 되어 주었습니다. 그때마다 위로를 건네준 고마운 분들이 많습니다.

옆에 계신 것만으로도 가르침이 되어주시는, 언제나 현역이신 정진규 선생님 그리고 이승훈, 김소연 선생님 감사드립니다. 분화구 절벽에 둥지를 틀어 날아오를 수밖에 없는 태생의 시천동인들, 전형철, 윤성택, 안시아, 최치언, 천서봉, 박성현, 서동균 시인, 김솔 소설가, 고영, 박후기 선배님, 가까이에서 언제나 힘이 되어주신 부모님과 최희강 시인 그리고 등단을 손꼽아 기다려 준 많은 분들께 감사의 마음을 전합니다.

끝으로 긴 어둠에서 불을 밝혀 주신 황현산, 박주택 심사위원님과 경향신문사에 감사드립니다. 굳은 결의는 변명의 다른 이름일지 모릅니다. 그냥 지치지 않고 열심히 쓰겠다는 말로 대신합니다.

시는 자신을 비워줄 때 조금씩 다가오는 것

모든 것이 그렇듯이 시란 하루아침에 얻어지는 것이 아니다. 오랜 기간 동안 수련에 수련을 거듭하여 기예를 넘어 정신의 한 경지를 드러낼 수 있을 때 비로소 시다운 시라 일컬을 수 있을 것이다. 온힘을 다하여 시에 헌신하고 시를 위해 기꺼이 자신을 비워줄 때 시는 온전한 모습으로 조금씩 다가온다. 시는 결코 설익은 자에게 자리를 내어주지 않는다.

최종에 오른 네 편의 시 가운데 「그 여자의 거실에는 기차가 달려가지」 외 4편을 응모한 서진배의 시는 발랄한 상상력을 바탕으로 자신만의 독특한 화법을 구사하고 있어 주목을 끌었다. 그러나 지나치게 산문적 진술에 기대고 있고 급격히 장면을 전치시키거나 전복시켜 시를 읽는 데 재미만큼의 감동을 주지 못했다. 「침묵의 불법 점거에 대한 진술서」 외 4편의 김희정의 시는 소음과 환청, 자본주의와 물신과 같은 도시적 생태를 다루고 있으면서 눅눅한 서정을 견지하고 있다는 점에서 높은 평가를 받았으나 시의 관절이 부드럽지 못하다는 점에서 아쉽게 선외로 밀렸다. 「귓갓길」 외 4편의 김창훈의 시는 "그림자에도 단내가 난다" "노을에도 마블링이 있다"와 같이 선후 문맥을 잇는 뛰어난 관찰력과 세밀한 묘사력이 단연 돋보였다. 그러나 전체적으로 응모작의 수준이 고르지 못하다는 점에서 아쉬움을 남겼다. 「녹번동」 외 4편을 응모한 이해존의 시는 그간의 적공을 유감없이 드러내고 있어 당선작으로 합의를 하는 데 주저하지 않았다. 자신을 구조構造하고 있는 안과 밖의 경계에 대해 사유와 감각을 적절하게 가로지르며 생의 경험이 곧 시의 경험이라는 것을 보여주고 있어 다른 무엇보다도 신뢰할 수 있었다.

모름지기 시는 시여야 한다는 기원적인 측면을 간과할 수 없다. 이 점에서 자신이 어디에 있는지 자신의 마음이 어디로 흘러가는지조차 모른다면 시는 언제 찾아올 것인가? 당선자의 대성을 기대해 본다.

심사위원 : 황현산 · 박주택

정와연

전남 화순 출생
숭의여자대학교 문예창작과 졸업
2013 영남일보 문학상 시 당선
2013년 부산일보 신춘문예 시 당선

foolpoem@hanmail.net

■부산일보/시
네팔상회

네팔상회

분절된 말들이 이 골목의 모국어다
춥고 높은 발음들이 산을 내려온 듯 어눌하고
까무잡잡하게 탄 말들
같은 말을 하는 사람들이 모이면 동네가
되고 동네는 골목을 만들고
늙은 소처럼 어슬렁거리는 휴일이 있다
먼 곳의 일을 동경했을까
가끔은 무명지 잘린 송금이 있었다
창문 없는 공장의 몇 달이 고지대의 공기로 가득 찬다
마음이 어둑해지면 찾는 네팔상회
기웃거리는 한국어는 이국의 말 같다
달밧과 향신료가 듬뿍 배인 커리와 아짜르
손에도 엄격한 계급이 있어 왼손은 얼씬도 못하는 밥상
그러나 흐르는 물 속을 따라가 보면
다가가서 슬쩍 씻겨주는 손
그쪽에는 설산을 돌아 나온 강의 기류가 있다
날개를 달고 긴 숫자들이 고산을 넘어간다
몇 개의 봉우리가 창문을 두드린다
질긴 노동이 차가운 맨손에서 목장갑으로 낡아갔다
세상에는 분명 돌아가는 날짜가 있다는 것에 경배,

히말라야 줄기를 잡아끄는 골목의 밤은
왁자지껄하거나 까무잡잡하다
네팔 말을 몰라 그냥 네팔상회라 부르는 곳
알고 보면 그 집 주인은 네팔 사람이 아니다
돌아갈 날짜가 간절한 사람들은 함부로
부유하는 주소에서
주인으로 지내지 않는다

낙과

낙과를 파는 코너에 길게 줄서 있는 사람들
낙과를 사기 위해 줄이라니
마치 과일나무 밑을 두리번거리듯
수풀을 헤치듯 서 있는 사람들
옛말에 낙식은 공식이라 했는데
어떤 마음이 저리 길어 파치 앞에 기다리고 있나
모두 한번쯤 낙과였던 기억이 있다는 듯
체온이 묻은 낙과를 손으로 받아보았다는 듯
줄을 서 있는 태풍의 끝,
쓱쓱 닦을 준비가 되어 있다는 듯
한 사람이 한 봉지씩 들고 얼굴이 환하다
낙과는 색이 변한 부위가 가장 물렁하다
물렁한 부분은 빠른 속도로 변한다
모두 자신의 물렁한 부분을 알고 있다는 듯
한 번 더 물렁한 부분을 만져보겠다는 듯
즐거운 배급,
한 사람이 열 개라면 열 사람이면 백 개
위로받는 사람보다 위로하는 사람이 그 배수倍數다
붉어지다 만 낙과들이
그 어느 것보다 오늘은 상품上品이다

한낮의 위로의 줄이 길다
태풍의 긴 머리채가 휘감았던 나무 밑
굴러 떨어져 멍이 든 것들
아삭아삭 풋것 베어 무는 소리를 생각하면
그 맛,
위로의 맛일 것이라는 것도 짐작하겠다

한 되들이 술주전자

몇십 년을 퍼마시면 저렇게 입이 헐까 손잡이는 겨우 찌그러진 몸통에 걸려 있다 필시 술자리에서 여러 번 소매 잡혀 끌려간 흔적이다 잔으로 먹고 말로 푸는 허세 아닌 허세가 누렇게 변해 있다

술주전자가 끓어 넘친 적은 없지만 술은 수시로 끓어 넘친다 그 끓어 넘치는 술주전자 속은 다 우그러져 있다 밖에서 들어간 흠은 안쪽에 두드러지지만 안에서 우그러진 부분은 밖으로 나온 흔적이 없다 술을 부을 때마다 화끈거렸을 속,

나는 한 되짜리 막걸리 주전자를 들었던 시간으로 컸고 아버지 그 주전자 기다리는 시간으로 늙었다 아버지 술심부름 시켜놓고 수십 번 돌부리에 걸려 넘어지는 듯 문 밖을 들락날락했다 막걸리 한 되로 찰랑거리는 주전자 그 주량으로 세상 다 흘렸다

부글거리는 술,
주전자 안에서는 한 번도 발효된 적 없다
깊은 잠 잔 적도 없다
그 주전자 오래 되다 보면
술 없이도 안에서 부글거리며 발효되는 것들이 있다
집안 어디를 둘러보아도
아버지처럼 노란 주전자는 없다

의태 계절

의태무늬들은 유실이 많은 쪽으로 색깔이 닮는다
빨리 도망가는 색깔
시행착오 끝 마지막으로 택한 문엔 파리가 달라붙는 통증이 있다
보호색이란 보호받지 못한 쪽이다

교란체색,
몇 개의 모습으로 한 몸에 산다
위胃는 몸 밖에 있어 숲 한 채를 순식간에 먹어치운다
분주한 머리는 꼬리 쪽에 버리고 싶은 생을 둔다
제 스스로 제 몸의 생사를 옮길 수 있다는 것
그 자리에서 산등성이의 자락이 된다는 것
천적의 눈에 들어갔다 나온 적이 많다
아니, 천적의 눈으로 오래 살았다
날씨는 개의치 않지만 몇 개의 은폐로 단추를 만든다
수시로 기하학적 허방을 만든다는 것
의태의 계절엔 잃어버리는 것이 많다

무늬로 만드는 허구의 독毒, 적을 피해 허기를 채우는 것이 내 생
이 없다고 생각한 생을 산다

잎을 떨어뜨리고 죽은 척하는 겨울나무
동작을 멈춘 듯 겉장을 얼린 겨울 강
변온의 표정으로 한겨울 주변이 된다
낯빛 하나 변하지 않고 내심을 갈아엎는 무리도 있다
의태의 계절에서는 그 무리를 이방인이라 한다

샌들의 감정

그것은 엉키는 방식에 따라
수십 가지의 무늬로 바뀐다
여름엔 숨고 겨울엔 나타나는 맨살의 감정이 있다
부푼 발등과 바람의 방향, 그리고 햇살의 끈
강풍의 힘으로 멀리 갔다 오는 여행이 있다
끈을 엮어 장식을 만드는 것은
매듭을 지나온 것들이지만
한철 풀리지 않고 감기는 줄기는 고집이 질기다
풀어지지 않는 매듭을 얻고
끊어지는 부분을 허락했다

작두콩들이 줄기를 신고 보폭을 재며 걷는다
잘려진 전파와 달팽이무늬
흩어지기 직전의 비행선을 풀어
가시와 소음을 골라내는 방식
코사지가 있는 것들은 나팔꽃줄기를 애용하고
거미줄은 몇 끼 식사를 보관해 둔다
옥수수껍질로 밑창을 깔고 그 수염을 꼬아서
발목을 두르면 하모니카 소리가 난다
매미는 갈라진 뒤꿈치를

날개로 감싸고 여름 한철을 운다

겨울의 장식인 맨발을 여름에 신는다
가장 앙상한 미학,
여름에 끊어지지 않던 줄기들
겨울바람은 툭툭 끊어지기 일쑤다
겨울은 샌들이 쉬어가는 계절
샌들은 나무에서 내려와 줄기식물이 된
진화론을 가지고 있다
겨울이면 샌들은 다 운동화 끈으로 바뀐다
원피스 감정 밑엔 샌들의 감정이 있다

찬 음식을 먹는 날

바람이 불면 아궁이와 굴뚝이 숨어버립니다
연기들은 나무들의 깊은 몸 속에서 숨어 있고 하루는 굴뚝 없는
집이 됩니다
숟가락들은 차갑고
겨울 쪽의 채소들로 반찬을 한 차가운 밥상
동지冬至가 지나고 백오일째 되는 날
바람은 아직 차갑고 햇살은 따스합니다

첫 씨앗으로 가늘고 짧은 바람을 심습니다
가족들은 식어버린 아궁이 하나씩 들고
바람의 눈치를 살피곤 합니다
꺼진 불씨를 새롭게 점화하듯
아버지는 허물어진 봄을 찾아다니며 수리를 합니다
찬밥을 먹는 날
마을은 아궁이를 숨겨놓고 빈 굴뚝이 되는
냉절冷節 또는 숙식熟食이라고도 하는 명절입니다
겨우내 해토된 식은 관계들을 손질하고 찬밥 나누어 먹습니다
제철 꽃잎을 따서 화전을 만들고
두견주를 곁들이기도 합니다
아이들은 봄볕을 끊어다 새 옷을 조릅니다

오래 된 불에는
온갖 형상의 연기가 숨어 있다고 합니다
산으로 돌아가려는 연기들이 식은 아궁이 앞을 서성인다고 합니
다
이맘때 산에서는 연기 없는 불길이 한창입니다
찬 음식을 먹는 날
마을과 사람들은 최초의 온기가 됩니다

마음을 비운 자리에 긍정의 힘이 솟아

꽁꽁 언 날에 훈훈한 전화 한 통을 받습니다. 마음은 화끈 달아올랐으나 몸은 덜덜 떨고 있었습니다. 한참을 서성거렸습니다. 아, 이런 기분이구나, 이런 날이 내게도 오는구나, 혼자 중얼거렸습니다. 가도 가도 끝이 없는 길이었습니다. 이쯤에서 돌아설까 하는 생각도 여러 번 했습니다.

이 기쁜 소식이 전해지려고 그랬을까요. 아무것도 변한 게 없는 세상이 달리 보였습니다. 젖은 땅에 달라붙은 낙엽을 보며 행복했습니다. 빙판길에서도 여유가 생겼습니다. 마음을 비운 자리에 긍정의 힘이 솟았습니다. 자연의 순리에 따라 늙어가는 자신의 모습을 바라보며 날마다 감탄하며 살아간다는 어느 노인의 말이 실감나는 한 해였습니다. 충분히 그럴 수 있다는 생각을 했습니다. 그런 가운데 당선이라는 소식이 전해지자 마음이 급변해 요동을 쳤습니다.

먼저 이런 기쁨의 장을 열어주신 부산일보사에 깊은 감사를 표합니다. 아직 많이 부족한 저의 글을 뽑아주신 심사위원님들께도 큰절을 올립니다. 갈팡질팡하는 길목에 주단을 깔아주셨습니다. 그 길로 선뜻 들어서기가 왠지 두렵지만 들어서렵니다. 주단이 끝나는 지점에는 더 높은 갈래의 길이 있다는 걸 잘 압니다. 열심히 찾아가겠습니다.

큰 도움을 주신 숭의여자대학교 문예창작과 강형철 교수님, 김양호 교수님, 박상률 교수님, 전기철 교수님께 감사드립니다. 용기를 불어넣어 주신 마경덕 선생님을 비롯한 여러 선생님 고맙습니다. 문우들과도 기쁨을 나누고 싶습니다. 그리고 묵묵히 지켜봐 준 존경하는 남편 김종갑 씨, 시 쓰는 엄마가 멋지고 자랑스럽다는 세 딸 명륜, 소나, 안지, 아들 재환 모두 모두 사랑합니다. 이 무한한 기쁨과 영광을 하나님께 돌려 드립니다.

세상의 관절염 어루만지는 숙련된 직녀

나와 너, 나와 우리, 나와 세상 사이에 관절염이 심한 시대에는 통증을 따뜻하게 감싸주는 언어의 직녀나 기존의 형식을 개성적인 칼로 쳐내는 새로운 검객이 필요하다. 때문에 시력과 시세계가 각각 다른 심사위원들의 눈에 띄는 직녀나 검객은 호불호의 문제가 아니라 내공의 깊이였다. 안타깝게도 용감하게 수사의 촘촘한 그물망을 벗어나 검을 날리는 작품은 그리 많지 않았고 드문드문 보이는 축에도 문장과 문장을 뛰어넘는 검법에 개연성이 부족했다.

「맥문동 재봉골목」은 예쁘고 앙증맞은 묘사의 보폭이 너무 조심스러워 골목을 벗어나 골목 밖의 세계를 아우르기에는 역부족이었고, 「나스카라인」은 대상을 도형화하는 섬세한 솜씨에 깊이 치중하여 도형을 그리는 이유를 상실하지 않았나 싶었다. 그것은 인식의 문제이기도 하나 언어의 숙련을 제고해 봐야 할 것 같다. 당선작으로 합의에 이른 「네팔상회」는 영리한 작품이다. 관계의 관절염을 앓는 시대를 인식하는 깊이와 언어를 직조하는 내공, 표현하고자 하는 세계에 도달하기 위해 시작점을 찍는 노련함은 유려하게 흘러 과장되지 않게 세상의 관절염을 어루만지는 숙련된 직녀로서 심사위원들에게 깊은 신뢰감을 주었다. 그 영리함에는 안전을 보장해 주는 기존의 직조법을 거듭 재탐색할 것이라는 자세도 포함해 주기로 한다.

심사위원 : 오탁번 · 강은교 · 조말선

정지우

1970년 구례 출생
경희사이버대학교 미디어문예창작학과 졸업
논술 언어력 지도교사
2013년 문화일보 신춘문예 시 당선

mermaid0107@hanmail.net

■문화일보/시
오늘의 의상

오늘의 의상

성당의 느티나무 그늘이 무더위에 끌리고 있다
팔랑거리는 양떼들을 데리고
계절 속으로 입성하려면 가벼운 체위는 가리고 고딕의 시대를 지
나야 한다

폭염은 언덕에 한낮으로 누워 있다

구름의 미사포를 쓰고 그늘을 숙이던 오후는 초록의 전례를 들려
주더니
밀빵을 혀에 얹고 한동안 입들이 닫혀 있을 것이다
종탑에는 귀머거리 새가
종소리를 둥지로 삼아 살고 있다

회색을 입고 묵상에 잠긴 성전엔 돌기둥을 돌던 저녁의 의복이 걸
쳐져 있다

미사의 요일엔 검은 머리카락을 버리고 히브리어를 닮은 숟가락
으로 점심을 먹는다
오늘의 드레스 코드는 디저트가 없는
주일 맛 나는 테이블

중세의 햇빛이 스테인드글라스로 들어오는 창문
귀가 잘려진 무늬에선
단풍잎 맛이 나는 오래 된 말들이 달그락거린다

촛대처럼 나무가 자꾸 떨어뜨리는 중얼거림들
대신 읊고 가는 가을 울음소리가 스르르 바닥에 끌린다
계단이나 혹은 의자로 배치되어 있는 한 철을
나는 양치기 소년으로 지나고 있다

불통不通을 어루만지다

곱슬머리의 해석은 흘러내리는 방식, 양의 울음과 황소의 뿔로 저녁을 넘어가야 한다
벽에서 태어난 이 독보獨步는 문이 없다

돌돌 말려나오는 모습이 꼭 웅크렸던 흔적이다
그렇다지만 적당한 예열의 시간을 씌우면 우리도 곱슬거리는 고집을 얻을 수 있다
끌고 가는 힘과 버티는 간극에도 온도는 필요하니까

겨울을 뚫고 나온 봄은 고집이 세다
구불구불한 힘은 꺾이거나 부러지지 않고 흘러내리지
고집이 옆에 없어서 외롭습니까
옆에 놓인 충고는 구길 필요가 없고 바람은 그 첫 번째 관용어로 속담이 되지
계단은 집 안의 구름입니까
레일 위의 기차를 닮아가고 있는
웅고집에도 친교의 설화가 전해오고 흘러든 계약의 부족은 앉은 자리에 풀이 돋지 않았다지
불통不通을 어루만지는 오빠의 청춘에도
엉킨 증상이 몰려 있지

아침마다 일직선으로 펴지만 길이는 똑같지

돌아보지 않고 넝쿨줄기는 올라간다
고집은 마주보는 구조, 흐르는 방향으로 완성되는 물의 파마 같은
물살
봄의 기온으로 물소리가 흘러간다
자꾸만 머릿속에서 흘러나오는
어깨에서 잘려 나간 양의 울음 혹은 황소의 뿔

납작한 모자

공터의 그늘을 꺼내며 천막이 들어선다
소년은 아코디언의 마지막 행렬
한 세기의 분위기는 코끼리 뒤에 숨겨서 올 때도 있고 마을에 남
기고 갈 때도 있다지
헐기도 좋은 농담을 풀어내는 입구로
동네 아이들이 모여든다

지붕을 얹고 얼굴을 바라보는 구도에서
유랑의 주소는 웃음 혹은 여름의 박수로 되돌아온 곳이지

한 번쯤 빌려 쓰고 싶은 납작한 광대모자
길고양이의 울음이 눌려 있다가
장미꽃으로 튀어나오는 건 기후의 주문일까
방목된 사자의 갈기는 삼백 년째 불타고 있는 중이라지
소녀의 곡예로 여백을 채우는 일
얼굴에서 웃음과 긴장을 벗겨내는 방식으로
구름에서 빗방울은 흩어진다

흙먼지는 바람의 먼 후일, 분장은 훼손된 뒤의 풍경

낮과 밤은 서로 흉내내기 좋은 거리를 두고
등불은 조금씩 사라져 가는 그림자를 비추고
축제는 나무 속으로 허물어지는 바람이거나 햇살이겠지
마을의 소녀들이 중세를 닮아가는 곳
오후의 그늘조차 서커스를 따라가고 신발 한 짝이 지난 밤을 걷는다

코끼리 등에 앉은 소녀가
아코디언 연주 속으로 돌아가고 있다

지평선 꼬리

두 개의 태양이 수염을 달고 떠오르면 골목엔 낮의 호기심이 어슬렁거리고 뒤늦은 문, 밤에 들어가지 못한 고양이가 거울 속으로 들어가려 한다

밖으로 나오려는 울음과 안으로 들어가려는 어린 발톱이 몸을 바꾸고 있다 달콤하고 맛있는 고양이의 밤을 주세요 부드러운 불빛으로 털을 쓰다듬어도 둥글게 돌아가는 화성의 시간이 되면 낮에 나오는 반달처럼 흰 고양이들은 검은 고양이의 발목을 갖는다

골목을 뒤지는 얼굴로 두리번거리는 착륙, 희박한 숨소리를 천천히 몰아가던 낮 동안의 잠자리는 담장보다 높을 것이다

서로 넘나드는 지구와 화성은 밤과 낮의 기울기의 깨진 곡면, 진공의 고양이는 탐사의 궤도를 벗어날 수 없다 태양이 끊임없이 휘어짐의 뼈를 맞추고 있다는 것

거울의 뒷면은 황량하다 불을 피우지 못하는 고양이 화성은 넓고 카메라*는 멀다 고인 물이 있는 곳을 찾아 먼지의 속도로 구릉을 넘어가는 고양이 한 마리가 찍힌다

꼬리보다 긴 눈빛, 화성의 도시에 들어서면 지평선 사이로 털갈이를 하는 일몰을 보게 된다 태양이 밤으로 느릿느릿 걸어간다 어느 날 사라진 고양이는 모두 거울의 깨진 틈으로 다 들어가 있다

　＊ 큐리오시티호.

꽃들의 시차

꽃들의 시차 밖엔 각종 행사가 있다
그 이름은 원래 꽃의 종류였지
눈물이나 혹은 웃음
그것은 꽃들의 향기였다고 해

지명이나 사람의 이름으로 불리는 꽃은 누군가의 머릿속에 뿌리
내리려 하고
같은 연대를 바람으로 앓거나
숲 속의 오후로 늙어가기도 하지

수요일의 꽃이 먼 나라에서 오면
빨강은 노랑의 여분으로 피어나지 못하지
상자 속에서 꺼내 놓는 이국의 표정은
가잠에 빠져 있던 시차

그러니까 몽상은 사물의 끝에서 시작되는 계절 같은 것이지 구름
의 통관을 거쳐 꽃들이 이동하는 곳, 세상의 꽃다발엔 뿌리가 없지
상자와 서랍을 바꾸어 열고 닫아 보는 물음은 웃음을 울음으로 느끼
는 일과 같은 것일지

슬픔을 아는 꽃은 목이 길었을까
수요일의 조문과 혹은 일요일의 성혼은
꽃의 이름으로 불리는 지명이나 사람의 호칭으로 남아 있지
농도가 다른 화병의 저녁은 먼 시간을 지나 이름이 묻은 입술로
찾아오고

꽃들의 소용을 떠올리며 자라는 소녀들
빨강과 노랑의 시차를 넘어 제 이름과 만나는 상자 속이거나 서랍
이거나

걱정인형

걱정은 자주 넘어졌던 곳에 묻어 있죠
색색의 고민을 덧댄 천조각 같은 날씨를 걸어 나온 계단은 자꾸
허벅지가 보이죠
어제와 내일의 층계참으로 모여드는 먼지
늘어나는 계단의 수를 세고 있는 중이죠

고산의 현기증은 키가 자라지 않는다죠
아이들은 눈으로 걱정하는 법을 먼저 배운다는 과테말라 백과사
전을 들여다보았죠
나를 작게 만들어 숨고 싶은 입술이 있고 나는 그 입 속에 사는 주
문이 되고 싶은 거예요
산양의 울음소리가 들리는 곳으로 자꾸만 가고 싶은,
언덕을 넘어가는 주문이 되고 싶은 거죠

골목은 늘 어두운 발자국이고 횡단보도는 마주서서 입간판을 올
렸다 내리고
유리문의 햇살입 속에서 얼음이 녹는 이야기
나를 흉내내며 거품을 앓는 인형의 치마가 부풀어 올라요
한 번쯤 손을 넣었던 주머니를 꿰맨 자국
맨손으로 꼽아 보는 물음들

가장 친했던, 헐렁해진 골목으로 만든 계단이 닳고
보관하기 좋은 낡은 관棺이 있죠
구름이 빗금 위로 사르르 녹는 맛
너의 얼굴로 돌아오는 저녁
베개는 잠깐의 죽음을 받쳐 주는 유일한 목격이죠
인형人形은 사람에게서 걸어 나왔거나 혹은
사람이 걸어 들어간 것이죠

시름의 골목 지나는 어린 나에게 돌아가고 싶어

입술을 달싹였지만 말이 되어 나오지 못한 날들이 되풀이되었다. 한동안 소리를 잃었을 때 모든 밤과 낮을 모아 구겨버린 일들이 소소한 날의 뒤편을 떠다녔다. 내 옆엔 언제나 불면의 그림자만이 작아졌다 커지곤 했다. 시어를 쌓았다 허물어버린 기억이 어제의 눈송이로 내리고 그 위로 겨울비가 내렸다. 차가운 빗물에 미끄러질 뻔한 손을 간신히 잡아준 아침처럼 당선 소식을 받았다. 아직 어린 아이로 골목을 지나고 있는 나에게 먼저 찾아가고 싶다. 내가 나를 잃어버린 시간으로부터 너무 멀리 와 있었다. 타인의 이름으로 살아가고 있는 나를, 양떼를 몰고 성당 주위를 돌고 있는 양치기 소년을 외면할 수가 없었다. 묵상을 의복처럼 걸치고 사물의 바깥에서 길을 잃어도 멀리 성당 종소리에 귀를 붙들려도 중세로 돌아가는 길을 망설이지 않을 것이다.

잠시 쉬어가야겠다,라고 생각했을 무렵이었다. 몸으로 시를 써서 왼쪽엔 통점을, 오른쪽엔 고독을 모시고 살았다. 문득 뒤돌아보게 되는 연말엔 더욱 지치고 힘들었던 것 같다. 매번 마침표를 찍고 싶은 순간을 지나치곤 했는데 이제는 그 시름을 넌지시 위로할 수 있겠다. 무수한 날들, 삶의 전환점을 돌아 어린 나에게 돌아가는 일이 헛되지 않음에 감사한다. 오랜 기다림에 손을 내밀어주신 황동규, 정호승 선생님께 감사드린다.

시의 근원이신 엄마에게 생애 최고의 선물을 전할 수 있어서 무엇보다 기쁘다. 언제나 곁에서 조언과 힘을 실어주었던 남편과 소망을 주는 딸 이주, 이정, 그리고 동생 애정이에게 지면을 빌려 고마운 마음을 전한다.

많은 가르침을 주신 이봉일 교수님, 시의 길을 인도해 주신 이문재 교수님, 잊지 못할 강의를 해주신 이영광 교수님께 진심으로 감사드린다. 문학의 시간을 함께한 목동 문우들과 행복을 나누고 싶다. 그리고 힘들 때 벗이 되어주었던 동료 논술 선생님들과 아이들이 보고 싶다. 더욱 치열하게 시를 쓰면서 희망을 견디기로 한다. 끝까지 나를 사랑하시는 하나님께 감사드린다.

풍성한 비유로 우리 시대의 삶에 화두 제시

최종심까지 남은 작품은 박도준의「빨대」, 한그린의「어떤 악기」, 최원의「이웃의 중력」, 정지우의「오늘의 의상」이었다.

「빨대」는 인간에게 죽임을 당하는 새끼 곰에 대한 어미 곰의 모성을 역설적으로 드러냈으나 설명이 지나쳐 시적 형성력을 잃고 말았다.

「어떤 악기」는 비뇨기과 탁자 위에 꽂혀 있는 '오줌 컵'들을 하나의 악기로 파악한 점이 신선하고 기발하나, 더 이상 나아가지 못하고 신선함과 기발함에 머물러 있다는 점이 큰 단점이었다.

「이웃의 중력」은 이웃과 함께 살 수밖에 없는 우리 삶의 관계를 투명하게 보여주고 있는 수작이었다. 보통 그 투명함 속에는 냉소적인 차가움이 있게 마련인데 인간적인 따스함이 돋보여 호감이 갔다. 그러나 같은 작품을 타 신문사에 중복 투고한 탓으로 더는 심사의 대상이 되지 못했다.

결국 당선작으로 결정된「오늘의 의상」은 풍성한 비유를 통해 오늘 우리 시대의 삶에 무엇이 가장 중요한가 하는 화두를 제시하고 있다. 특정한 모임에 예의상 입고 가는 의상을 일컬어 '드레스 코드'라고 할 때 오늘 우리의 삶에도 특정한 의상이 필요하며, 그것이 바로 '사랑의 의상'이라는 것을 강조하고 있다는 점에 신뢰가 갔다.

이 시는 전체적으로 종교적 은유성을 지니고 있으나 결코 종교성에 함락돼 있지 않다는 점이 또한 큰 장점이었다. 함께 투고한「향신료 상인」이나「발소리를 포장하는 법」등도 시인으로서의 앞날을 기대하기에 충분한 작품이었다.

앞으로 한국시단의 발전을 위해 자기만의 개성이 두드러진 시를 쓰는 시인으로 성장해 주길 바란다.

심사위원 : 황동규 · 정호승

황은주

1966년 홍천 출생
상명대학교 불어교육과 졸업
2013년 중앙일보 중앙신인문학상 시 당선

sotguihyun@hanmail.net

■중앙일보/시
삼만 광년을 풋사과의 속도로

삼만 광년을 풋사과의 속도로

아삭, 창문을 여는 한 그루 사과나무 기척
사방四方이 없어 부푸는 둥근 것들은 동쪽부터 빨갛게 물들어간다
과수원 중천으로 핑그르르
누군가 붉은 전구를 돌려 끄고 있다
당분간은 철조망의 계절

어두워진 빨강, 눈 밖에 난 검은 여름이
여름 내내 흔들리다 간 곳에
흔들린 맛들이 떨어져 있다
집 한 채를 허무는 공사가 한창이고
유독 허공의 맛을 즐기는 것들의 입맛에는 어지러운 인이 박여 있
다

죽은 옹이는 사과의 말을 듣는 귀
지난 가을 찢어진 가지가 있고 그건 방향의 편애
북향에도 쓸모 없는 편애가 한창이다

비스듬한 접목의 자리
망종 무렵이 기울어져 있어 씨 뿌리는 철
서로 모르는 계절이 어슬렁거리는 과수원

바람을 가득 가두어 놓고 있는 철조망
사과는 지금 황경 75도
윗목이 따뜻해졌는지 기울어진 사과나무들
이 밤, 철모르는 그믐달은
풋사과처럼 삼만 광년을 달릴지도 모른다

말랑말랑한 외면

가장 먼 곳이 가장 잘 지워지는 곳이라고 표시를 했다

회색 풍경이 얼마나 밝은지
얼마나 어두운지 몰라 지워야 했다
쓱쓱, 회색 고무지우개로 풍경을 문질렀다

풍경을 지우는 가장 좋은 방법은 풍경을 뭉치는 것이라 표시했었다

남쪽에서 온 목이 긴 볕이 북쪽 그림자로 꺾이는 자리
표시된 사람은 늘 그런 곳에 서 있다
세 살 적 하얀 이빨과 하얀 향이 나던 이름
뒹구는 소꿉놀이 속에선
마흔 살의 민무늬 일기장과
시든 웃음줄기가 까맣게 타고 있었다

여울 없는 물웅덩이에 달이 고이면 달의 기억이 멀어진다고 표시했었다

달을 향해 주문을 속삭였다

사라지지마사라지지마사라져
공터로 회색 바람이 불어왔고
그 자리라는 표시만 남고 모두 지워진다
닳아버린 풍경, 닳아지지 않는 고무지우개
짙을수록 잘 뭉쳐져 옅을수록 잘 뭉개져 고화古畵처럼 부드럽게
지워졌다
쓰다 만 지우개는 재미가 없다

시간을 들지 않고서는 떠나지 마세요*

지워진 자리가 말랑말랑하다
회색을 건너면 다시 공터가 되는 눈 내리는 4월의 지도를 들고 가
장 멀리 돌돌 말려가고 싶다

* 알랭 로브그리예 소설, 「고무지우개」 중.

연두의 대답

숲 그림자가 내려앉을 물결을 찾는다
아직은 노란 해와 초록이 뒤엉키는 연두의 바다
—일 년 뒤에 돌아올게

골목에서 연두의 기별을 물으니
열매 없는 초록이 모과나무라 한다
지난 해 모과나무의 수태는 연두였고 올해는 눈먼 장님나무의 표
정이란다
남반구의 징검다리를 건너
초록물뱀자리에 발을 담그면 햇살이 발에 물들어 따뜻하다
연두의 그물은 그악스러워
더위벌레의 여량餘糧까지 포획한단다

한 가지에는 이파리와 메아리가 함께 있어
마음 밖 이야기를 가장 시기하고
자명한 속 씨의 눈을 숨기고 노랗게 물들어 간단다
너무 딱딱한 무게란다

우산을 쓰고 횡단보도를 십자로 걸어다니던 장화의 놀이. 떠돌이
유령을 세면서 떼어내던 연두 이파리들. 홀수라는 말을 씹으면 알알

해지던 혓바닥

짙어지기 전에 흐려지는 색色의 계절이 돌아오지 않겠니
계절 멀리 떠나지 못하는 연두의 소리
나무를 간질이는 숨바꼭질
살얼음에 해가 비치면 우박을 떨어뜨려 놀래키는
연둣빛 적란운

일 년 뒤는 너무 딱딱해
대신 세상의 대답들이나 여물게 해 줘

비슈뉴의 옷자락

— 최초의 옷은 사라졌고 유골은 수천 개 비즈들과 누워 있었다

옷감을 펼쳐 몸을 재어 선을 긋고 시간을 재어 시접을 남긴다. 가위의 무게는 항쇄만큼이나 무겁다. 천형의 천 밑에서 싹둑, 잘려 나가는 조각들. 가변의 파편들로 듬성듬성 시침질해 놓은 누더기를 마네킹에게 입힌다. 지금은 거짓을 연출해야 할 때. 거짓의 형상 거짓의 바느질.

옷은 무늬로 된 겉과 주머니로 된 안을 나누어 가졌다. 깊숙이 숨은 것을 찾아 더듬으면 손가락에 닿는 알록달록한 꿈. 옷을 뒤집어 주머니를 박을 땐 틈이 없어야 한다. 옷 속을 기어다니는 애벌레. 주름마다 배인 술래라는 습성. 기어가도 여전한 문이고 옷의 허리둘레를 따라 촘촘히 주름을 잡는 일이 여전한 되풀이다.

구부러진 가슴과 늘어진 등을 이어붙이는 만 번째 바느질. 어깨마다 진주구슬을 달아 햇볕에 펼치면 완연한 몸이다.

아름다운 집이네요
만 개의 덩굴 잎으로 그늘을 입은 낡은 그 집

가장 편안한 옷을 입을 때는 아직 문을 떠나기 전이고 구겨지는 소리 없이 몸은 익숙한 팔과 익숙한 다리를 벗을 것이고 깊숙한 벽장의 문 닫는 소리 삐걱댈 것이다.

텅 빈 마네킹. 뭉개진 손가락 지문이 재생되는 달력의 붉은 첫 장. 쉿, 그 집 아이가 이제 막 배내옷을 입는다.

등고선 재배

올해도 고산高山의 경작은 서툴렀다
뭉쳐지지 않는 공기와 헐떡거리는 맛과 울렁이는 가로이랑

기우제의 바위 앞에 서면 농부인 누르부의 눈과 귀는 입보다 먼저
닫혔다. 가축들의 비탈진 발굽이 부서지고, 풍요를 위해 계곡에 떨
어뜨린 울음도 많았다. 척박한 것만 되는 농사였다. 넓은 밭에 설익
는 산소를 경작하는 농사법. 바람이 그은 가벼운 지름길을 찾는 법
을 배우기 전에 아들은 터널 공사장으로 떠났다.

몸 뒤의 그림자마저 저려오는 햇빛이 있다
목요일에 태어나 누르부라는 이름을 가졌다

휘청거리는 무릎에도 뒤엉킨 적 없는 절기였지만 목성 가까운 새
벽 머리맡일수록 가파른 심장박동. 멈추기 전에 가지런한 숨고르기
를 해야 하는데, 능선마다의 불면을 깨우는 호우주의보.

빗물의 헐떡이는 들숨과 날숨 뒤에 간신히 싹을 틔우는 칭커밭.
이랑과 이랑 사이, 축축해져 가뿐한 지름길로 흰 뿔이 수확하는 푸
른 전설은 돌아오겠지.

흙빛 얼굴에 키운 듬성한 백발과 주름들의 급경사. 아들이 돌아올 길에 심은 자두나무는 말라비틀어져 있고, 경계 넘어 날아온 검독수리를 쫓는 누르부의 시선.

오늘은 허리 굽은 농부가 새의 묘지에 묻히는 날
등고선 하나가 통째로 날아오르는 날

되돌이표 비명

반달모양의 빗에 어울리는 머리카락이었다
왜 바람의 집을 나왔니? 그냥요

창 없는 방은 각이 깊어 모서리마다에서는 아이들이 요람을 짓는다. 이곳에 웅크려 가라앉지 않은 어제의 숨고르기를 한다. 연필 같은 돌들, 가방 같은 돌들, 주먹 같은 돌들이 우르르 쏟아져도 교실은 언제나 고요했다. 둥글지 못한 아이, 소리치지 못한 아이. 멀어지는 왼쪽 시력은 앙상한 나뭇가지들을 수만 겹 그물로 만들어갔다. 더듬거리며 오른쪽 출구만을 찾아야 할까? 바람은 분주하게 비둘기 떼를 뒤쫓았다. 바람을 따라 역 광장에서 비둘기 떼를 쫓는 날들, 소낙비 온다며 구구구 비둘기를 부르는 날들. 소녀는 둥글둥글 한낮을 보낼 줄도 알았고 되돌이표를 따라 귀가 먹먹하도록 비명을 지를 줄도 알았다. 계단에 앉아 손가락으로 머리를 빗었다. 머리가 유난히 길어서 어느 곳의 바람이 닿아도 흩날렸다. 지하도에서의 잠꼬대는 지상으로 꽃다지를 피워 올릴 마법사의 노란 주문. 머무는 불안보다 떠도는 불안에 더 안심했다. 기차를 동경하지는 않았다 그냥, 바람처럼 걸으면 어딘가였다.

세상의 모든 길은 바람 속으로 숨는다
눈동자 가득 2월의 바람을 담은 소녀가 눈을 뜬 채 길에서 잠들었다

처음 바람이 깨진 곳은 어디일까
꽃바람에게 엄마가 없다는 것은 거짓말
언젠가는 바람이 그 머리카락을 데려갈 줄 알았다

비둘기 떼가 반달을 물어오는 밤

습관처럼 혼자 서 있던 모퉁이
그 그늘이 고맙다, 축복이었다

　사과 속에서 한 철을 살았다. 병실 침대에 누워 무의식과 의식을 오가던 계절이 있었다. 문득, 사과를 한 입 베어 물었고 그때, 단단히 잠겼던 동쪽의 문이 열리는 것 같았다. 동쪽을 편애한다. 동쪽 바람 길에 핀 꽃을 흠모하고, 동쪽으로 가는 새떼들을 경외하고, 무작정 동쪽 바다를 그리워하며 떠나고는 했던 내 시의 여정을 사랑한다.

　세상이 만화라면 늘 주인공 주변을 흘긋 쳐다보며 정지해 있는 존재 없는 행인이었다. 그러나 펼쳐지는 몇 칸에 행인은 존재하고, 넘어가는 낱장들에도 행인은 존재해 있었고, 앞으로도 존재할 것이다.

　행인의 눈으로 시를 써 왔다. 그냥, 바라만 보고 있었지만 사실이라는 말주머니 밖에서 들리는 진실을 읽으려고 노력했다. 때로 주인공이 아닌, 부딪치는 또 다른 행인의 이야기가 가까이 다가왔다. 통증으로 인해 가슴 너울지는 날들을 견뎌야만 했다. 무릎 꿇고 엎드려 겸손해지는 법을 배웠다. 두려웠던 방향의 기후들과 담담히 마주할 수 있었다. 습관처럼 혼자 서 있던 모퉁이 그늘이 고맙다. 축복이었다.

　친구들과 둘러앉아 요란하게 수다를 떨어야겠다. 동부학원 선생님들과 함께 웃어야겠다. 백운사 법륜 스님께 감사드린다. 심사위원님들께 감사드린다. 두 명의 언니가 있어서 행복하다. 가족을 위한 만찬을 준비해야지. 신재야, 얼른 집으로 내려오렴.

　손바닥이 가장 못생긴 햇볕이 내어 준 가장 맛있는 사과를 먹는 중이다. 따뜻하다. 여전히 물고기자리의 얼룩을 지우며 밤하늘에서 내려다보고 계실 '나의 엄마' 께 이 소식을 전하는 중이다.

발랄한 상상력, 풋풋한 사유
오랜 시적 내공을 느꼈다

　새롭게 찾은 사물의 성질, 감각의 명증성, 모국어를 최적화할 수 있는 약동躍動, '진탕만탕 생명력의 잔치'(보들레르)들이 잘 어우러져야 야무진 시다. 거꾸로 관성과 타성에 기대는 것, 중속衆俗의 수다와 너스레, 조악한 모국어 사용 습관, 남의 것 흉내내기 따위는 무른 시의 속성이다.

　최종적으로 방소 씨의 「다운의 계절」, 조상호 씨의 「適적」, 황은주 씨의 「삼만 광년을 풋사과의 속도로」 등이 남았다.

　방소 씨의 시들은 화법과 시각의 유니크함이 눈에 띄었지만, 대상에서 취해야 할 것과 버릴 것들에 대한 분별에서 느슨했다. 그런 결과로 시가 둔탁해졌다. 당선을 겨뤘던 조상호 씨의 시들은 이미지 교직交織의 촘촘함에서 발군이었다. 이미지의 세공細工에서 남다른 시적 조탁의 능력을 엿보게 하지만, 의미의 쇄말주의에 갇힌 아쉬움과 응모한 시들의 수준이 고르지 않아서 다음을 기약하고 제쳐졌다.

　황은주 씨의 시들은 시적 수련의 내공을 감지하기에 충분했다. 「활」에서 "동지를 돌아온 달의 북쪽을 끝점으로 정했다"라는 힘찬 첫 구절은 이어지는 느른한 감상주의의 물타기로 인해 그 매혹이 반감되고 만다. 내심 당선작으로 꼽았던 「활」을 제치고 「삼만 광년을 풋사과의 속도로」가 대안으로 떠올랐다.

　"죽은 옹이는 사과의 말을 듣는 귀/ 지난 가을 찢어진 가지가 있고 그건 방향의 편애/ 북향에도 쓸모 없는 편애가 한창이다" 같은 구절에서 그 수일함은 도드라진다. 미숙함이 없지 않고 오장육부를 뒤흔들 만한

황은주　175

놀라운 개성은 아니지만, 사유의 풋풋함과 상상력의 발랄함은 황씨의
미래 가능성에 신뢰를 갖게 한다.
　끝으로 오병량 · 권수찬 · 김은석 · 양안다 씨의 응모작도 인상 깊게
읽었다. 두 심사위원은 그들에게서도 상큼한 도약을 보여줄 수 있는 시
적 재능과 개성의 촉을 확인했다는 점을 밝혀둔다.

본심 심사위원 : 장석주 · 장석남
예심 심사위원 : 권혁웅 · 김민정

시조

신춘문예 당선 시조

김재길

1991년 경남 통영 출생
2011년 중앙시조 백일장 3월 차상
2011년 경남대학교 10·18문학상 수상
경남대학교 청년작가아카데미 1기 수료
경남대학교 국문과 3년 휴학
현재 육군 일병으로 현역복무 중
2013년 조선일보 신춘문예 시조 당선

worlf4218@naver.com

■조선일보/시조
극야極夜의 새벽

극야極夜의 새벽

얼붙은 칠흑 새벽 빗발 선 별자리들
붉은 피 묻어나는 눈보라에 몸을 묻고
연착된 열차 기다리며 지평선에 잠든다.

황도黃道의 뼈를 따라 하늘길이 결빙된다
오로라 황록 꽃은 어디쯤에 피는 걸까
사람도 그 시간 속엔 낡아빠진 문명일 뿐.

난산하는 포유류들 사납게 울부짖고
새들의 언 날개가 분분히 부서진다
빙하가 두꺼워지다 찬 생살이 터질 때.

제 눈알 갉아먹으며 벌레가 눈을 뜬다
우주의 모서리를 바퀴로 굴리면서
한 줌의 빛을 들고서 연금술사가 찾아온다.

황천의 검은 장막 활짝 걷고 문 열어라
무저갱 깊은 바닥 쿵쿵쿵 쿵 울리면서

안맹이 번쩍 눈 뜨듯 부활하라 새벽이여.

* 극야: 밤만 계속되는 시간을 말함. '백야'의 반대현상.

포구나무 있는 풍경

바다에겐 주소였고 파도에겐 등대였는데
포구나무 번지, 번지 포클레인에 지워진다
이제는 듣지 못하리, 늙은 괭이 울음소리는.

확성기 비명 없이 침묵하며 쓰러지고
해머가 옛 둥지 찾아 산산이 깨어버린다
차가운 철거현장 위를 빙빙 도는 갈가마귀.

해국이 짐을 쌌다 갯강구가 떠나갔다
철거통지 받지 못한 만조의 보름달이
바닷가 포구나무 위로 발끝 들고 떠간다.

저녁 공양

흙이 물을 만났다 물이 불을 만났다
노래에 몸을 담고 몸에 가락을 담아
우주의 율려律呂로 빚은 그릇 하나 앉았다.

하늘을 닮은 입은 순명을 가르치고
땅을 받친 곧은 굽은 대자연을 품었다
분청粉靑에 어루숭어루숭 뭇별들이 떠오른다.

그릇 밖 허공 위로 겹겹이 쌓인 창천蒼天
그득그득 별의 시詩를 담아내는 저녁 공양
절강한 결가부좌에 묵언마저 뜨거운데.

내 시는 바다 아니라 사발이고 싶은 것
뭉긋해도 마음 열어 귀얄로 꿈을 칠해
깊고 긴 우물 하나를 약속처럼 놓는다.

새벼리* 연가戀歌

시월이 남강 만나 맨 처음 건넨 것은
휘 굽었다 뿌려 놓은 금빛물결 시오리길
그 뒤로 쪽찐 어머니 비단신발 보입니다.

아버지 비봉산이 팔검무를 춥니다
분단장한 색바람이 옷고름 잡아 당겨
맑은 물 한 잔만으로 온몸이 뜨겁습니다.

꽃유등 밝혀놓은 이 밤이 잔칫날 밤
진주비단 쌓아놓은 동쪽 끝 새벼리에서
금달빛 켜켜이 풀어 당신 앞에 펼칩니다.

* 새벼리: 진주의 비명, 팔검무: 경남 진주의 춤, 색바람: 가을에 부는 바람.

블라디보스토크 중앙역

배 나온 검은 동상 중앙역에 서 있다. 붉은 녹이 얼룩얼룩 목덜미에 묻어 있다. 킹펭귄* 박제 같다는 생각, 문득 스쳐 지나갔다.

블랙 러시안 한 잔에 플랫폼이 달아오른다. 털 수북한 왼손에는 당원용 블랙박스, 옛 소련 코뮤니즘이 술에 취해 비틀거린다.

시베리아 횡단열차는 두 시간째 연착이다. 볼셰비키 복장을 한 중년은 화가 났다. 레닌이 살아 있다면 이런 일이 있겠냐, 며.

정각에 출발했다면 룩소*의 창가에서, 눈 내리는 백설설원 풍경화로 펼쳐놓고, 열차는 자작나무 숲과 나란히 달릴 것인데.

눈에 묻힌 남은 시간이 꽝꽝 얼어붙는다. 그 누구도 오늘 밤엔 떠나지 못할 것이다. 여기서 모스크바까지 6박7일이 남았다.

다시 눈이 내린다, 눈보라가 휘몰아친다. 극동의 부동항이 얼다가 터져 버린다. 바다로 찍힌 발자국이 수빙으로 미끄러진다.

성냥을 짝 그어서 담뱃불 붙이는데, 중앙역 붉은 광장이 저 혼자 울고 있다. 무릎에 얼굴 묻고서 큰소리로 흐느낀다.

제국은 고립되었다, 전화마저 불통이다. 미래파 시인들이 러시안 룰렛을 권하는 밤, 시집의 마지막 장에서 장탄환이 터진다.

횡단열차 티켓을 짝짝 찢어버린다. 떠나는 일이란 돌아가는 일이어서, 돌아선 9,288㎞를 날개 아래 새긴다.

＊ 킹펭귄: 펭귄의 한 종류.
＊ 룩소: 시베리아 횡단열차의 2인1인실 이름.

불타는 책

콘센트만 뽑혀도 사라져 버리는 이데아 그 앞에 21세기마저 광신
도가 되었다 고독한 호모사피엔스도 책을 던져 버렸다.

문자가 사라진 뒤 노래도 사라졌다 눈 먼 길을 더듬어 예언이 찾
아올 때 그 누가 손을 내밀어 등불을 밝혀주리.

누구든 그 안에 절대자가 있다 믿어 창조와 파괴를 반복하는 진화
속에 영혼은 블랙홀에 갇혀 두 눈을 잃어버렸다.

세상의 모든 기도 0과 1로 찬송되고 디지털로 클릭하는 불멸의 페
이지 그 뒤에 나무의 책이 스스로 불에 탄다.

※ 2012년 중앙일보 시조백일장 3월 차상 수상작.

시조를 향한 도전…
최전방으로 날아온 당선의 기쁨

　극야의 새벽 같은 시간에 따뜻한 여명의 빛 한줄기가 강원도 최전방의 초병에게로 날아왔습니다. 스무 살의 어린 나이에 처음 시작해 본 것은 경남대학교 청년작가아카데미에서 시조를 쓰는 것이었습니다. 그것은 무언가에 도전하려 하는 청춘의 자그마한 불꽃이었습니다. 모두가 저에게 랭보를 꿈꾸어야 할 청춘의 시간에 시가 아닌 시조를 쓴다고 의아해하기만 했습니다.

　하지만 늘 제 마음을 사로잡은 시조는 율律로서 완성된다고 굳게 믿고 제 발자국을 정법으로 삼아 또박또박 헤아리며 걸어왔습니다. 한 치 앞도 가늠할 수 없는 지독한 필사의 시간을 지나왔습니다. 묘사와 은유의 공간에서 늘 회초리로 저를 때리며 살아왔습니다. 여름과 겨울마다 하동 평사리에서 가진 지옥훈련 같았던 창작교실이 지금의 저를 키웠습니다. 지금껏 시인들의 하늘을 쳐다보기만 했습니다. 가깝게만 느껴졌던 그 하늘이 이렇게 멀 줄은 상상도 못하였습니다. 하지만 이제 바야흐로 운명의 폭발이 시작되었나 봅니다. 이제 스스로 운문의 하늘을 밝히는 초신성이 되었습니다. 청년작가아카데미 교수님들을 처음 뵈었을 때 저는 '빛을 머금은 원석'이라고 저를 소개했습니다. 이제 그 꿈만 같던 빛을 손아귀에 쥐었습니다.

　이제 스스로를 더욱 세공하여 늘 정상에서 환하게 빛나는 보석이 되겠습니다. 따뜻한 바다 통영에 계신 사랑하는 부모님 그리고 존경하는 김정대, 정일근 교수님과 청년작가아카데미에 이 영광을 모두 돌리겠습니다. 이름표를 달아주신 심사위원 선생님께, 조선일보사에 다시 한 번 감사 드립니다. 앞으로 좋은 작품으로 보답하겠습니다.

거침없는 상상력과 활달한 호흡으로
시적 지평 넓혀

'약관'은 한때 신춘문예의 단골 수식어였다. 그 약관의 관을 얹어 한 시인을 내보낸다. 그의 이름은 김재길, 보무도 당당한 대한민국의 육군 일병이다. 스물을 갓 넘긴 청년의 야심찬 걸음이 '쿵쿵쿵 쿵' 지축을 울리는 듯하다.

응모작에는 충혈의 눈빛이 비치는 게 많았다. 끝까지 들었다 놓았다 한 것은 이윤훈 · 이병철 · 장윤정 · 하양수 · 송인영 씨였다. 정형시로서의 미학적 완성도나 호흡의 안정감, 현실적 맥락을 잃지 않는 감각과 발상, 형식에 함몰되지 않는 신선한 긴장감 등에서 남다른 공력의 시간이 보였다.

반가운 것은 공소한 관념이나 낡은 서정이 아닌 오늘 이곳의 살아 있는 삶을 정형定型 안에 다듬어 앉히면서 자신의 목소리도 펼쳐낸다는 점이다. 시조에 대한 편견을 날려줄 작품이 늘고 있어 다음을 기대하게 한다.

당선자는 그중에도 가장 헌걸찬 형상력과 보폭을 보여준다. '오로라', '우주의 모서리', '무저갱'까지 거침없이 오르내리는 상상력과 활달한 호흡으로 '새벽'의 시적 지평을 한층 넓히는 것이다. 낯설고 분방한 그래서 더 역동적인 비유와 이미지들은 정형의 율격을 시원하게 타넘으며 보기 드문 대륙적 약동을 뽐낸다. 이 모두 당선작을 기꺼이 들어 올리게 한 패기와 가능성이다. 하지만 다른 작품에서 비치는 기술의 과잉 같은 느낌은 주의를 요한다.

당선을 축하하며, 더 크고 새로운 세계를 '번쩍' 열기 바란다.

심사위원 : 정수자

김태형

1986년 서울 출생
서강대학교 국어국문학과 4학년 재학
제20회 전국한밭시조백일장 대학일반부 장원
제5회 전국지용백일장 대학일반부 최우수상
제11회 혜산박두진전국백일장 대학일반부 으뜸상
2013년 중앙일보 중앙신인문학상 시조 당선

th0214kr@naver.com

■중앙일보/시조
바람의 각도

바람의 각도

추위를 몰아올 땐 예각으로 날카롭게
소문을 퍼트릴 땐 둔각으로 널따랗게
또 하루 각을 잡으며
바람이 내닫는다.

겉멋 든 누군가의 허파를 부풀리고
치맛바람 부는 학교 허점을 들춰내며
우리의 엇각인 삶에
회초리를 치는 바람

골목을 깨우기 위해 어둠을 밀치는 것도
내일을 부화시키려 햇살을 당기는 것도
세상의 평각을 꿈꾸는
나직한 바람의 몫

그 겨울 피아니시모

찬바람에 붙박여도 함께여서 따뜻했다.
잊은 기억 찾아보려 다정히 웅크린 노부부
창밖엔 파문 진 눈꽃이
겨울밤을 뜨개질한다.

"구세군 자선냄비 역대최고 모금액 달성"
온정을 조율하듯 TV에선 캐럴 울려도
채널을 변경한 추위에
온기 놓친 버거운 골방

질량 닮아 쌓인 흰머리 방 안에 수북하다.
문 두드려 줄 이 없어 퇴화되는 기억의 뼈
가슴 속 창고 깊숙이
꽃잎 꺼내 피우는 밤

치매조차 가르지 못한 오그린 손 꼭 맞잡고
단 한마디 새나갈까 품에 안고 여리게 한 말
"그동안 고마웠어요."
울컥한 그 말
참 시리다.

新과거시대

어둠이 닳기도 전 백지장이 되는 하늘
강남역 출구마다 유생들이 쏟아진다.
첫차가 밑줄 긋고 간
새벽도로는 시험장일까

올해의 글제는 '취업' 합격을 할 때까지
토익책의 갈피에서 글감을 고르는 눈빛
진부한 구인광고에서
새 길을 찾아본다.

물먹은 청춘들이 날마다 쓰는 이력
율곡의 일필휘지 천도책을* 꿈꾸며
오늘도 책상에 앉아
거친 활자 적어간다.

홍패 같은 달빛 쥐고 막차에 오르는 길
지친 어깨 토닥이는 젊은 날의 그 등 뒤로
한 걸음
더디게 오는
봉인된 내일 열리고 있다.

＊천도책: 1558년(명종 13년) 이이(李珥)가 23세가 되던 별시해(別試解)에 장원하였을 때의 답안(答案).

버킷리스트

어머니가 위독하단 잡음 섞인 전화 한 통
소독된 병실 안은 울음으로 출렁였다.
아파도 아프지 못한 그녀, 침묵한 채 누워 있다.

뜯겨나간 글씨체로 반듯한 꿈을 적다
허름한 삶에 붙들려 구겨진 노트처럼
육탈된 그녀의 손등은 페이지로 뒤집힌다.

까칠한 손등에서 쉼표 없는 문장을 읽는다.
건조체로 꿈틀대며 적혀 있는 행간 사이
권태를 느낄 틈 없던 그녀의 삶 놓여 있다.

단 한번 절정 없이 겨울잠에 든다 해도
저 푸른 봄을 위해 허투루 살지 않기
세상의 언저리 저편 추운 이의 등불 되길

하나둘 써내려간 허기진 소원들이
형광등 온기 아래 활엽으로 만개하자
밤 깊어 졸던 별빛이 부지불식 눈을 뜬다.

벚꽃 지는 봄날

달빛이 여무는 소리 빈 뜨락 잠을 깨고
겨울이 지우지 못한 잔설 같은 꽃가루가
어스름 하얗게 지우며
가풀막을 밝힌다.

두레박을 내려 봐도 닿지 못한 우물의 기억
꽃잎 닿는 자리마다 찰랑대는 물의 지문
가만히 눈을 감으면
고였던 봄 열리고

바람의 현을 타고 다다른 하늘정거장
얼마를 흩날려야 어둠마저 가려질까
눈썹에 내려앉은 꽃
시리도록 눈부시다.

제 몸을 버릴수록 환해지는 벚꽃 아래
달빛에 무릎 꿇고 사뿐히 귀를 비우면
봄날의 여백 사이로
울창한 숲 동튼다.

까막눈 편지

"어머니 원망해서 미안하고 미안해요."
공책 위에 서투르게 글을 쓰는 박 노인의
캄캄한 지난 꿈들이
느낌표로 켜진다.

글보다 앞선 마음 적을 수 없던 날들
투박한 글씨체로 써내려간 뜨거운 사연
갈 길 먼 늦은 편지에
달빛이 우표를 붙인다.

구불구불 활자에는 맥박이 새로 뛰고
노인의 눈길 속에 환해진 붙박이별
바람의 집배원 따라
하늘로 문안 가고 있다.

───────────────

쿵쾅거리는 심장 같은 시 쓰기 위해 내달리겠다

졸업생의 마지막 학기처럼 떨어지는 달빛에 골목이 환해집니다. 그만큼 골목 한구석 깊어지는 어둠을 보며 우리 사회의 견고한 벽 앞에 때론 좌절하는 청춘을 생각해 봅니다. 하지만 젊기에 밝은 내일을 꿈꾸는 우리의 청춘. 단 한 번의 성공을 위해 전력질주하는 삶보다 중요한 삶의 가치가 무엇인지 고민할 때마다 밤새도록 활자들을 써내려갔던 적이 있었습니다.

그렇게 시를 찾아 헤맸고, 울창한 시조의 숲을 이루기 위해 정제된 말의 씨앗을 심었습니다. 소외된 누군가의 위로가 되고 잠시 쉬어갈 그늘이 되라고 덜 여문 씨앗이 발아하기 시작합니다.

저는 치열한 삶 속에서 희망의 세상을 꿈꾸며 뜨거운 시어 한줄기 건져 올리는 시인이 되고 싶습니다. 국어사전을 뒤지며 책상에 앉기보다 쿵쾅거리는 심장소리를 담은 살아 숨쉬는 시를 쓰기 위해 내달리겠습니다.

이제부터가 시작입니다. 부족한 제 작품을 올려주신 심사위원들께 진심으로 감사드립니다. 시인으로서 가야 할 아득한 길 앞에 기쁨보다 무거운 책임감이 더욱 앞섭니다. 나를 관통했던 바람처럼 세상 속에 출렁이는 초록빛 언어와 여린 소리를 찾아 정형의 그릇에 잘 담아내겠습니다.

그리고 저의 든든한 버팀목이자 첫 번째 독자이신 아버지께 감사드립니다. 그리고 늘 격려해 준 사랑하는 어머니와 동생과도 이 기쁨을 나누고 싶습니다. 화성박물관에서 작품을 고민하며 썼던 시간을 떠올리며 활자에 맥박이 뛰도록 창작에 더욱 힘을 쏟겠습니다. 그리고 마지

막으로 제게 문학적 재능을 주신 하나님께 이 모든 영광을 돌리며 진심
으로 감사드립니다.

패기 넘치는 '바람의 각도'에 몰표 쏟아져

또 한 명의 당찬 신인이 최고의 시조 등용문인 중앙신인문학상을 통해 탄생했다.

별 당위성도 없이 지나치게 난해하거나 관념적인 응모작 중에서 눈에 띄게 선명한 작품을 보내온 김태형 씨다.

좀 어설프더라도 신인다운 패기와 실험성을 갖춘 신인의 출현을 기대한 심사위원 전원은 「바람의 각도」에 최고의 표를 던졌다.

당선작 「바람의 각도」는 아무런 형체가 없는 바람에다 각도 개념을 부여한 제목부터 신선했다.

또 바람이 지닌 다의성을 시적 구도 속에서 포착해 내는 능력이 뛰어났다. '어둠을 밀치'고, '햇살을 당'겨 '엇각'인 세상을 바로잡으려는 모습은 새로운 영웅이 등장해 타락해 가고 있는 세상을 구원하는 듯한 인상을 보여줬다.

둘째 수에서 나타낸 현실에 대한 날카로운 비판이나, 셋째 수에서 드러낸 삶에 대한 따뜻하고도 낙관적인 인식은 이 땅에는 불안한 젊음만이 존재하는 것이 아니라는 건강한 메시지도 남겼다. '세상의 평각을 꿈꾸는' 청춘의 아름다운 고민을 잘 보여줬다.

시조의 숙명적 조건인 형식미도 잘 갖추고 있다. 율격을 지키기 위해 애썼다기보다 그런 가락이 몸에 배어 있는 듯하다. 많은 습작이 만든 정제된 자유로움이 느껴졌다. 편안하고 믿음직했다.

응모작 중에는 제목이나 내용 가운데 불필요한 외래어가 들어 있거나 이미지를 과도하게 빌려온 경우가 많았다. 시조에서 지양해야 할 문제점들 중 하나다. 당선작 외에도 개성 있는 작품이 많았다. 김주연 ·

용창선 · 송태준 · 김영순 씨의 작품도 활발하게 거론됐다.

심사위원 : 오승철 · 권갑하 · 이종문 · 강현덕

송승원

한성대학교 한국어문학부 졸업
외국인을 위한 한국어 강사
2013년 매일신문 신춘문예 시조 당선

syi33@hanmail.net

■매일신문/시조
새는 날개가 있다

새는 날개가 있다

당찬 야성 내려놓고 발에 익은 길을 따라
날갯짓 접어둔 채 뒤뚱거린 몸짓으로
달 뜨는 도시의 하루 쪼고 있는 도도새*

날아 오른 시간들을 깃털 속 묻어 두고
쿵쿵 뛰는 심장소리 뉘도 몰래 사그라진
그만큼 섬이 된 무게, 어깨를 짓누른다

화석에 든 아이콘이 무젖어 말을 건다
푸드덕 홰를 치는 한 마리 새 나는 행간
앙가슴 풀어헤친 채 물음표를 집어 든다

* 도도새: 인도양의 모리셔스 섬에 서식했던 새. 천적이 없어 날개가 퇴화돼 날지 못
하다가 1505년 포르투갈인들이 포유류와 함께 이 섬에 들어오기 시작하면서 멸종
됐다. 현실에 안주해 변화를 바라지 않는 사람을 '도도새의 법칙'으로 비유해 일
컫기도 한다.

별빛 양은냄비

휴대용 레인지에 후유소리 올려놓고
서산에 기대서서 별을 짚는 하루하루
속울음
삼키지 못한 까만 밤을 데운다

뒷바라지 자식 위한 제 몸 앓힌 외톨이로
좁은 쪽방 한편에서 한기를 두르고서
세월을 매만지고 있는
독거노인 저 할머니

불어버린 라면 가닥 목이 멘 끼니지만
까치놀 담은 냄비 양은 별빛 부여잡고
한평생, 일궈 놓은 불꽃
미소 지어 되작인다

뱀딸기 알레고리

단맛을 잃은 뒤끝 조연助演이 슬프고 슬퍼
촉수 높은 빨간 등을 손 손마다 밝혀 들고
빼곡히 박힌 알집에 톡 톡 여문 햇볕 알갱이.

이름 석 자 그마저도 변변치 못했는가,
산 그림자 끌어다가 쪽물 옷을 지어 입고
외딴곳 언덕배기에 시린 노숙 하고 있다.

낮은 데 머물수록 바람은 쓸쓸히 눕고
아무도 굼슬겁게 눈길 하나 주지 않는
저 홀로 외톨이가 된 딸기 아닌 땅딸기로,

축축함이 사려 앉은 서울역 지하도에
낯이 익은 저 야생초 주연主演을 꿈꾸는지!
불끈 쥔 불덩이 주먹, 하늘 향해 솟구친다.

기호학 개론

공룡 뼈에 바투 붙어 낱눈을 껌벅이는
도로 위 카멜레온 색깔 바꿔 내려 본다.
지상을
네 바퀴로 감는
질주의 시간 속을,

바람 가른 소음들이
공중으로 솟구치고
후끈거린 아스팔트 낮빛 점점 달아올라
속도를 앉혀 놓고서 다독이는 저 신호등.

꽃불 켠 길 지킴이 푸른 언어 촘촘하다.
거리를 매만지며 교신하는 발광체에
때로는
구름 머물다
이내 햇살 환해진다.

나의 하울링*

앳된 오전 푸른 언어 울타리 안 머물다가
느낌표 찍은 훗날 어깨 겯고 세운 종탑
4시의
심장소리가
붉디붉게 걸려 있다

이운 시간 앞세우고 그 어름에 일어설 때
뜨거운 울림들이 사과 빛으로 감겨지고
또 다른 고갯마루에
생성되는 이모티콘

영역 표시 빗금 위를 가로지른 불혹 너머
서로 통한 하울링으로
무거운 짐 내려 볼까
메아리, 메아리치는
사바나
힘겨루기

* 하울링: 음파가 증폭기나 마이크로폰에 영향을 미쳐 특정 진동수의 울림을 낳는
  현상. 늑대의 울음소리를 일컫기도 한다.

개나리꽃, 독후감

금침을 꽂아 놓은 햇살 머문 자리마다
작은 종 받쳐 들고
줄기 위 마실 나온
별인지
바람개빈지
가늠 못할 저 앞태

지다가 이울다가
시린 시간 솎아 내고
맨몸으로 버틴 추위 가슴으로 읽던 무렵
비발디 봄의 3악장
연주하는 오케스트라

얼어붙은 뉘 길에도 저 선율 울려 퍼져
금물 번진 축포 마당
푸른 날 들썩대겠지
무던히
겨울을 견딘, 흐드러진 꽃 덤불

부단한 담금질… 새는 날개가 있다

우리는 때로 새였던 시간을 잊어버린 채 힘껏 날 수 있었던 잠재력을 망각하며 지내는지도 모릅니다. 할 수 있다는 긍정의 힘은 어디에 두고 세상이 어려울 때 쉽게 모든 것을 포기하는 현실을 만나곤 합니다. 그러다 도도새처럼 도태되는 현실이 안타까워 '새는 날개가 있다'를 주제로 시상을 이끌어 내려 부단한 노력을 했습니다. 그러나 우리의 정형시인 시조로 많은 사유와 사고를 담고 녹여낸다는 것은 그리 만만한 일은 아니었습니다.

때로는 웃음을 잃어버린 채 잠 못 이루는 밤을 보내면서 번민의 시간을 보내기도 했습니다. 가슴에 쌓여 있는 울컥거리는 그 무엇을, 3장 6구라는 시조의 장르에 풀어내지 않고서는 도저히 견딜 수 없었습니다. 그러나 시적 이미지와 형상화는 쉽게 다가오지 않았습니다. 많은 날을 고민하다 하는 수 없이 응모를 했습니다. 이런 저의 설익은 글을 이렇게 신춘문예 당선이라는 관형사를 덧입혀 되돌려 주신 매일신문 관계자와 심사위원님께 진심으로 머리 숙여 감사드립니다.

나태하지 말고 더욱더 분발하라는 채찍으로 알고 부끄럽지 않게 선배님들의 뒤를 따르겠습니다. 아울러 늘 독려와 격려를 아끼지 않았던 교수님과 문우 여러분께도 이 자리를 빌려 감사드립니다. 또한 시조를 쓰도록 시간을 할애해 준 아내와 묵묵히 아빠를 응원해 준 우리 두 아들에게도 이 기회에 사랑한다고 말하고 싶습니다. 고맙습니다.

멸종한 새 통해
활달한 상상력 · 역동적 이미지로 삶 성찰

시조는 정형시다. 따라서 가장 기본적인 것은 형식을 지키는 것이다. 시조가 오랜 세월을 거치면서 형식이 정제된 것은 우리 정서를 나타내는 데 적합한 형식이 되었다는 말이다. 그러나 형식이 전통을 가진 것이라고 해서 전통적인 것만을 담는 형식이라고 생각하면 오해다. 시조는 '시절가조時節歌調'를 줄인 말이라는 것을 이해한다면 그 뜻이 오늘의 삶을 담는 그릇이라는 것이 명칭 속에 들어 있다는 사실도 함께 이해되어야 한다. 이 두 가지를 당선작을 뽑는 범박한 기준으로 삼았다.

일차로 7명의 28편을 뽑았다. 그 중에서 한 사람의 작품은 당선 경험이 있는 작품이었고, 또 한 사람은 근년의 신춘문예에서 최종심까지 오른 작품이었다. 그러나 최종심에서 심사자가 작품에 대해 미흡한 점을 지적했지만 그것이 수용되지 않고 제목을 바꾸어 응모된 작품이라 제외시키지 않을 수 없었다. 나머지 세 분, 한경정의 「겨울 과원을 지나다」외 2편, 장윤정의 「0시의 녹턴」외 3편, 김경순의 「가을 쉼표」외 3편은 모두 깔끔한 작품들이었다. 시조에 대한 열정이 묻어 있기도 했다. 그러나 지나치게 감성에 기대었고, 비교적 관념 노출이 빈번한 점이 아쉬웠다.

나머지 이한의 「산수화에 대한 소견」외 4편과 송승원의 「새는 날개가 있다」외 3편을 두고 거듭 읽었다. 이한의 작품은 소재가 그림과 관련된 것들이 많았고, 나름대로 개성적이었다. 그러나 송승원의 작품이 가진 소재의 다양성과 깊이를 따라잡지 못했다. 따라서 송승원의 「새는 날개가 있다」를 당선작으로 올린다. 날개가 퇴화되어 날 수 없었고 결

국 멸종해 버린 도도새를 통하여 활달한 상상력과 역동적인 이미지로
우리 삶을 깊이 있게 성찰한 점을 높이 샀다. 우리는 늘 의문부호를 찍
으며 산다. 그 의문부호 하나를 선명하게 찍은 작품이다. 당선자에게는
축하를, 아깝게 선에 들지 못한 응모자들에게는 위로를 보낸다.

심사위원 : 문무학

송필국

경북 칠곡군 북삼읍 출생
1973년 영화잡지 시나리오 공모 2회 추천 완료
중앙시조백일장 월말 장원
2013년 서울신문 신춘문예 시조 당선

songpilguk@hanmail.net

■서울신문/시조
번지점프—해송 현애懸崖

번지점프
—— 해송 현애懸崖*

한 점 깃털이 되어
허공 속을 떠돌다가
치솟은 바위틈에 밀려든 솔씨 하나
서릿발
등받이 삼아 웅크리고 잠이 든다

산까치 하품소리
따사로운 햇살 들어
밤이슬에 목을 축인 부엽토 후비작대며
아찔한 난간마루에
고개 삐죽 내민다

버거운 짐 걸머메고 넘어지다 일어서고
더러는 무릎 찧어
허옇게 아문 사리
뒤틀려 꼬인 몸뚱이 벼랑 끝에 매달린다

떨어질듯 되감아 오른
힘줄 선 저 용틀임

눈 이불 솔잎치마 옹골찬 솔방울이
씨방 속
온기를 품어 천년 세월 버티고 있다

*현애: 벼랑에 붙어 뿌리보다 낮게 기울어져 자라는 나무.

노래하는 돌
—— 임고서원*에서

강물 씻긴 바람결도 오르다 멈춰서는
임고서원 담벼락에
줄느림한 배롱나무
꽃망울 붉게 물들어 마디마디 벙근다

검은 돌, 하얀 글씨
노래하는 '단심가丹心歌'
얼비친 제 모습에 움칫 놀라 돌아서면
멀쑥한 왕대나무숲
칡넝쿨에 덮여가고

손때 묻고 보풀이 인 너덜해진 문집이며
옷깃을 여미게 하는
또렷한 저 목판본
자세히 들여다보면 눈망울에 와 찍히고

먹물도 참, 짙어지면
푸른 기운 뿜어내나
닿지 못할 멀고먼 길 하늘까지 차올라서

우뚝 선
산그림자가 빈 마당에 절을 한다

* 임고서원(臨皐書院): 포은 정몽주(1337~1392)의 충절을 추모하기 위해 세워진 서
원. 뜰에 「단심가」와 「백로가」가 새겨진 시비가 서 있다. 포은의 고향인 경북 영천
시 임고면 양향리에 있다.

붉은머리오목눈이*
—— 월남댁

산자락 들쑥날쑥 안고 내린 개울 지나
야트막한 언덕배기 휘 늘인 솔수펑이
골기와 하얀 회칠이 알른알른 보인다

옹이 빠진 솟을대문 해묵은 저 대갓집
어눌한 그녀가 산다 붉은머리오목눈이
에움길 바다를 건너 먹이 찾아 날아온

반달음질 뱁새 걸음 뙤약볕 날갯짓에
늙수그레한 벽오동 가뭇가뭇 씨 떨어져
안마당 바지랑대에 탈춤 추는 기저귀

겨드랑이 피붙이의 살가운 배냇짓에
하루치 잰걸음도 사려 녹는 어슬 무렵
낯익은 개밥바라기 징검다리별이 뜬다

* 붉은머리오목눈이: 참새목에 속하며 한국, 중국, 우수리 지방, 미얀마, 태국 등 동
 남아시아에 걸쳐 널리 분포하는 흔한 텃새, 뱁새 또는 부비새, 비비새로도 불려지
 며 알색이 비슷하여 뻐꾸기의 탁란으로도 이용되는 새.

빈 들녘
—— 장 프랑수와 밀레의 이삭줍기

하늘도 가라앉아 맞물린 넓은 들녘
듬성듬성 짚가리를
아득한 배경으로
몇 가닥 거머쥔 이삭
긴 대궁만 더북하다

꾹 눌러 쓴 차광모자
후줄근한 앞주머니
기우는 햇살마저 처진 어깨에 와 머물고
오지랖 짙은 그늘에
검게 찌든 치맛자락

이삭 줍는
저 아낙네
이랑이랑 파헤쳐도
새하얀 뻘기꽃만 눈발처럼 하르르 날고
헤집는 지푸라기가
손끝에 까칠하다

등마루 휘어지도록 일구고 씨를 뿌려
가뭄에 속이 타고
비가 오면 같이 젖던
빈 들녘
그루터기가 산그늘에 묻혀간다

면류관을 쓰다
—— 해송 문인목文人木*

한 뼘 남짓 오지 분盆을 움켜 안은 밑둥치
켜켜이 쌓인 수피 하늘이끼 덧두르고
멀쑥한 벋정다리에 야윈 목 치켜든다

비스듬히 틀어 올린 굽은 등 휘늘인 팔
맞바람에 턱을 괴고 옹이 진 눈두덩으로
미닥질 잠시 멈춘다, 산 하나 그려보며

천길 벼랑 끄트머리 엇각으로 뿌리내려
한 자락 하늘을 당겨 발 아래 펼쳐놓고
산마루 들었다 놓으며 솔 꽃가루 키질하는

조부장한 애옥살이 더 되알진 빳빳한 잎
곧은 듯 휘는 무게를 올곧게 추스르며
촘촘히 가시가 박힌 면류관을 쓰고 있다

* 문인목: 수간이 가늘고 길며 회화적인 작위가 바탕이 되는 분재수형의 일종. 동양
화 이대류 파의 하나인 문인화에서 비롯된 용어.

U턴
── 꿈

동그란 적외선 불빛 망원 렌즈 조준경
가로세로 그은 빗금 겹쳐지는 작은 물체
개울가 목을 축이고 돌아서다 설핏 본

직선으로 날아오는 외로 뜬 눈알 하나
악몽에 가위 눌려 뒤채이다 눈을 뜨면
시뻘건 쇠창살 넘어 우리 속에 와 박힌다

솔바람 가로지르며 타고 오른 산 능성에
움직이는 검은 실루엣 포효하던 그 목소리
이제는 먼먼 이야기 한 소절 노래가 되고

눈도 귀도 가리운 털북숭이 삽사리
일그러진 밥그릇에 턱을 괴고 졸다가
부르르 갈기를 털며 제 꼬리만 물고 돈다

시조 속에 더 넓은 세상 담고 싶어

해마다 연말이면 열병을 앓아야 했다. 밤을 밝혀 글을 써도 그게 아니요, 다시 개칠을 해봐도 아닌 시조를 쓰느라 그랬고, 그 글 보내놓고 당선 소식을 기다리느라 더욱 그랬다. 그래도 끝내 좌절하거나 포기하지 않고 열심히 갈고 닦은 것이 결국 오늘에 이르게 된 것 같아 너무 기쁘다.

그날도 어느 야외 주차장에서 아내를 기다리고 있었다. 꽁꽁 언 하늘에는 듬성듬성 별이 뜨고 있었고 그때 그 별에서 걸려온 전화를 받은 것이다. 기다리던 사람이 왔고 우린 서로 꼭 껴안고 아무 말도 하지 않았다. 하기야 무슨 말이 더 필요하겠는가.

그냥 글이 좋아 글을 썼다. 시나리오로 시작해서 소설로, 다시 시로, 늘 다 채워지지 않는 허전한 마음으로 장르 속을 떠돌며 추천도 받아보고 신인문학상도 타보곤 했다. 그러다 뒤늦게 빠져든 것이 우리 정형시 시조다. 항상 모자라거나 넘쳐나거나 아니면 꼭 조이거나 헐렁하거나 하던 그 콧대 높은 매력에.

좋아하는 책을 많이 읽고 글도 좀 써보자고 일찍이 귀농을 했다. 하지만 어디 농촌 생활이 선비 타령이나 하고 유유자적할 여유가 있었던가. 온실작물이 주업이 되어 버린 지금, 낮에는 시설 작물과 씨름을 하고, 밤이면 언제나 제멋대로인 시조를 죽기살기로 껴안고 살았다.

작은 렌즈를 통해 우주를 다 올려다볼 수 있는 천체망원경같이 앞으로 시조 속에 더 넓은 세상을 우겨넣기 위해 열심히 노력할 생각이다. 늘 시조에게 감사하는 마음으로, 고운 정 미운 정 들여가며.

오늘 이 영광스러운 지면을 열어주신 서울신문사와 당선이라는 큰 은혜를 베풀어주신 이근배, 한분순 두 분 심사위원님께 고개 숙여 고맙다는 말씀 드린다. 처음 시조의 길을 열어주신 윤금초 교수님, 그리고 늘 안타까운 마음으로 지켜봐 주신 주위의 모든 분들께도 감사드린다.

형식에 얽매이지 않은 자유로운 표현 돋보여

　오래 담금질해 온 우리의 모국어가 숨겨진 가락을 찾아내 시조의 형식으로 새롭게 태어날 때 그 울림은 크고 받아들이는 느낌은 더욱 깊어진다.

　'온전한 우리의 시인 시조가 형식이라는 굴레를 쓰고서도 어쩌면 이렇게 자유로울 수 있을까' 하는 물음 앞에는 오히려 더 거세고 모질게 파고드는 이 땅의 '시재詩才'들이 있기 때문이다.

　해를 거듭할수록 당선권에 올라오는 작품들이 늘어가고 있는 만큼 올해도 열기는 높았다. 여기서 한 가지 짚고 넘어가야 할 것은 시적 '오브제'를 역사성이 담긴 사람이나 고적, 유물에서 찾는 흐름이 있다는 것이다. 작품의 중량감을 더하는 것은 좋으나 신춘문예의 한 패턴으로 인식되는 것은 옳지 않은 일이다.

　당선작 「번지점프—해송 현애」(송필국)는 바닷가 절벽에 붙어 사는 키가 자라지 못한 늙은 소나무에 기대어 세상의 바람과 서리에 맞서는 인간의 생명력을 그려내고 있다. "버거운 짐 걸머메고 넘어지다 일어서고" "떨어질듯 되감아 오른/ 힘줄 선 저 용틀임"에서 짙은 삶의 진액이 흘러나온다. "솔씨 하나"에서 "천년 세월 버티고"까지 4수의 구성과 의미의 배열이 잘 짜여지고 낱말 고르기와 꾸밈도 날이 서 있고 맵차다. 앞으로 시조의 나아갈 바에 큰 보탬이 되리라 믿는다.

　끝까지 겨룬 작품으로 「알츠하이머」(박복영), 「경을 치다」(김성배), 「막사발 또는 행성」(송정훈), 「겨울 소리를 보다」(김희동) 등이 각기 다른 감성과 개성적인 수사로 놓치기 아까웠음을 밝힌다. 정진을 빈다.

심사위원 : 이근배 · 한분순

조은덕

충남 공주 출생
숭실대학교 일반대학원 철학과 박사과정 재학
TV 탤런트. 〈사랑과 야망〉, 〈천일의 약속〉 등 출연
한국식물화가협회 회원
2013년 동아일보 신춘문예 시조 당선

choo1910@naver.com

■동아일보/시조
꽃씨, 날아가다

꽃씨, 날아가다

바람이 날라다 준 햇살 한 줌 끌어안고
손가락 굵기만큼 동글 납작 눕히는 무
어머니, 물기 밴 시간 꼬들꼬들 말라 간다

짓무를라, 떼어 내고 뒤집어서 옮겨 놓는
뒤틀린 세월들을 하나 둘씩 펼쳐본다
여름이 남기고 간 속살 광주리에 가득하다

맵고 짠 눈물 섞어 켜켜이 눌러 담은
어둠 속에 숨 고르는 울혈의 무말랭이
주름진 생을 삭힌다, 아린 손끝 붉어온다

돌아가는 모퉁이길 얼비치는 맑은 아침
마른 뼈 꽉 움켜쥔 말간 핏줄 여울목에
어머니 가벼워진 몸, 꽃씨 되어 날아간다

날아라, 엑스트라

레디 고, 신호 따라 담장 넘는 검정 두건
단검이 날아가듯, 짚단이 베어지듯
얼마나 사소한 것에 목숨을 걸었던가

온몸에 파스 냄새 고달픈 대역으로
지난 날 흔적처럼 추적추적 눈 맞으며
골목길 긴 그림자에 끌려가는 저 사내

버리고 남은 것이 이 생이라 하였던가
낡은 외투 주머니 속 주먹 불끈 쥐어본다
내일은 NG를 뚫고 날아라 엑스트라!

배우 수업

해거름 밀어내고 조명이 내려온다
종이컵에 가득 넘친 막소주에 말을 걸다
한 봉지 바다를 뜯자 쏟아지는 새우 떼

등 굽은 가로등불 간단없이 부서지는
웅덩이에 고인 그늘 하나 둘씩 건져내며
그 도시 창백한 밤이 둥글게 굴러간다

동시상영 입간판에 오버랩된 얼굴들이
우르르 몰려나와 시차 툭툭 끊어내고
막 올린 가설무대에 그림자를 풀고 있다

듬성듬성 남은 세월 깊이 눌러 덮은 모자
벗어야 끝이 나는 땀에 절은 3막 5장
커튼콜 박수 너머로 암전 말아 올린다

실레네 스테노필라*에게

서리 낀 동굴에서 눈 뜨는 꽃씨 한 톨
벽 속에 깊이 잠든 바람을 잡아당겨
긴 어둠 물길을 열고 콜리마강 흐른다

삼만 년 진공 페달 광속으로 밟고 나와
흙먼지 일어나는 마을 어귀 담벼락 밑
외로 선 흰패랭이꽃 새벽빛을 깨운다

꽃술 위 올망졸망 돋을볕이 내려앉아
옷섶 깊이 새겨 넣은 은입사 올을 푸는
결 고운 너의 그 손길, 가슴 이리 따숩다

* 시베리아 콜리마강 유역 지하 20~40m 깊이 땅굴 속에서 32000년 동안 얼어 있
  다 발견된 씨앗 조직에서 세포를 찾아내 발아에 성공한 석죽과에 속하는 꽃.

안녕, 내 사랑 페가수스
── 동물병원 의료 분쟁기

숨 가쁜 인간의 땅, 명령뿐인 문법 체계
앉고 서고 구르다가 꼬리 내려 엎드리고
네 생은 팔백십 그램 그보다도 가벼웠다

진료수가 자율산정 유리벽에 갇힌 채로
지상에서 마지막 밤 표정 없이 열고 닫는
어둠도 도시 중심을 그렇게 지나갔다

주르륵 풀려 나오는 할인 없는 삶의 명세
건네받은 종이 한 장, 휘갈겨 쓴 너의 이름
끝끝내 못 채운 행간 팝콘처럼 쏟아진다

지워도 그냥 그곳 그림자로 일어서는
갈맷빛 하늘 저편 굽을 치는 페가수스
부르면 달려올 듯이 꽁지 말아 올린다

자막 없는 풍경

노천극장 천막 뒤켠 두 손 잡고 다짐하던
'월하의 맹세'는 어디로 다 떠나갔나
오늘도 그 자리에는 오일장이 선다는데

몇 롤째 풀려나간 빗금 속의 발자국들
자막 없는 화면 위로 까맣게 길을 내며
목이 쉰 늙은 변사는 막간으로 사라진다

잘려 나간 필름만큼 적막을 덧댄 자리
되감아도 풀어 봐도 흔들리는 저 소실점
빛살에 색을 감는다, 눈 감고도 보이는

기쁨도 감당하기 힘들면 울음이 되는가 봅니다

기다림이 있으므로 시간은 더디게 갔고, 더딘 만큼 견뎌야 할 생의 길이는 늘어났습니다. 늘어난 생의 길이만큼 또 많은 것을 잃어가고 있었습니다. "이룰 수 없는 꿈에 매달려 날마다 초조한 것보다 희망도 소원도 없는 게 훨씬 더 편할 거 같아요."라는 김수현 선생님의 드라마 〈사랑과 야망〉에서 '미자'의 대사를 내 것처럼 중얼거리고 다녔으나 늘 바라는 것들은 더욱 커지고, 시간은 주체할 수 없이 줄줄 흘러내렸습니다.

어젯밤 꿈에 스마트폰으로 합격 문자가 날아왔습니다. 그리고 오늘, 꿈처럼 2013년 신춘문예 수상소감을 씁니다. 고맙습니다. 멀리서 가까이서 응원해 주신 모든 분들, 때때로 무너질 때 힘을 북돋아 주신 김봉집 선배님, 그리고 이 길을 가는 분들을 위해 기도합니다.

수없이 목 젖혀 바라보았던 하늘을 우러릅니다. 기쁨도 감당하기 힘들면 울음이 되는가 봅니다. 세상 600개의 언어로도 통역되지 않는 눈물의 빛깔은 투명합니다. 그 투명함 속에 내 어머니가 있고, 평소 '조시인'이라고 불러 주시던 먼 유년의 아버지가 계시고, 가까이 있어서 소홀했던 내 가족이 있고, 너무 가까우므로 서로에게 상처가 되기도 했을 이웃이 있습니다. 고맙고 감사하고 사랑하므로 용서받고 용서하고 싶습니다.

수많은 '풋것들' 가운데 제 손을 들어주신 심사위원님들께 큰절을 올립니다. 우리의 숨결, 우리의 정신이 녹아 있는 현대시조의 마당에 한 계절 밝히는 꽃을 피우겠습니다. 살아 움직이는 언어로 이 땅의 위로가 되겠습니다.

반성적 성찰, 공감의 진폭 이끌어내는 데 성공

근년 들어 신춘문예 시조 부문 응모작의 대체적인 경향은 표현주의적 색채로 쏠린다는 점일 것이다. 표현이 내용을 전달하는 수단이니 아직 원숙미가 부족한 신인들이라면 의당 여기에 치중하기 마련이지만 그것은 어디까지나 본질을 훼손하지 않는 범위에 그쳐야 한다. 양념이나 조미료에 의존하는 한 재료 고유의 맛을 기대하기 어렵기 때문이다.

마지막까지 우열을 가리기 힘든 작품으로 민승희의 「황소」, 유외순의 「인각사에서」, 조은덕의 「꽃씨, 날아가다」 등 세 편이 남았다. 이 작품들은 각각의 장점을 지니고 있었지만 「인각사에서」는 역사적 소재가 지닌 창의성의 한계로 인해 순위에서 밀려나고 「황소」와 「꽃씨, 날아가다」를 두고는 장고를 거듭하지 않을 수 없었다. 시적 대상에 대한 관찰력과 사유, 감각적인 시어 선택, 상상력의 깊이 등 두 사람 모두 오랜 시력을 짐작할 수 있었기 때문이다.

「황소」는 선짓국을 뜨면서 황소의 존재를 떠올리고 흡사하게 살다 간 아버지의 삶을 읽어 내는 상상력의 깊이가 돋보였으나 시선이 과거의 반추에 멈춰 버린 아쉬움이 남았다. 그에 비해 「꽃씨, 날아가다」는 무말랭이를 만드는 체험 과정에서 발견해 가는 '어머니'의 존재에 대한 반성적 성찰이 시조 특유의 양식적 긴장미와 맞물려 공감의 진폭을 이끌어 내는 데 성공하였다는 점에서 당선작으로 선정하였다. 함께 투고한 다른 작품들의 높은 완성도 또한 신뢰를 견인하였음을 밝혀 두며 개성미가 넘치는 작품으로 시조단에 새바람을 불러일으켜 주길 기대한다.

심사위원 : 한분순 · 민병도

〈시〉 김기주 김재현 김준현 김지명 신은숙 이병국
이정훈 이해준 정와연 정지우 황은주
〈시조〉 김재길 김태형 송승원 송필국 조은덕

2013년 신춘문예 당선시집

초판 1쇄 발행일 2013년 1월 11일

지은이 · 김기주 외
펴낸이 · 김종해
펴낸곳 · 문학세계사
이메일 · mail@msp21.co.kr
홈페이지 · www.msp21.co.kr
www.seein.co.kr(계간 시인세계)
주소 · 서울시 마포구 신수로 59-1 (121-110)
대표전화 · 02) 702-1800 | 팩시밀리 · 02) 702-0084
출판등록 제21-108호(1979. 5. 16)

값 11,000원

ISBN 978-89-7075-559-5   03810
ⓒ 문학세계사, 2013